世界一楽しい！

万葉集キャラ図鑑

著・岡本梨奈

新星出版社

元号「令和」の出典である『万葉集』。元号発表の直後、にわかに注目された『万葉集』ですが、いざ読んでみようと思ったら、全部で約四千五百首もあるため、文字だけでそれら全部を読むのは（「古文が大好き！」という奇特な方以外には）退屈で、途中で飽きてやめてしまった方も少なくないのでは、と思われます。ですが、それではあまりにももったいない!!

『万葉集』は、背景や古文常識がわかれば、「え！　そんなこと言ってるの!?」「この気持ちはわかるーっ!!」など、楽しい本のように、簡単に理解できちゃいます。なぜなら、『万葉集』には、様々な歌が収録されていて、とってもおもしろい歌もたくさんあるからです。

本書では、全四五一六首の中から、そんなおもしろい和歌や「『万葉集』といえばコレ」という有名な和歌を、選りすぐりでご紹介します！　しかも、和歌にピッタリなキャラクターたちがマンガの中でも生き生きと動いて、さらに楽しさ倍増です。

『万葉集』には、天皇や宮廷歌人が詠んだ和歌だけではなく、農民や防人《さきもり》・遣新羅使《けんしらぎし》などの兵役を課せられた人たちとその家族の和歌もたくさん収録されており、約二千首は作者不明の一般人の和歌です。都にいる皇族や貴族たちの暮らしぶりだけではなく、当時の日本各地の一般庶民の気持ちや暮らしぶり、方言などまでもがわかる貴重な資料でもあります。中には「屎《くそ》葛《かずら》」というオナラに似た悪臭を発する植物を詠み込んだ歌（本書では採用しませんでした）や、「こんなの収録しちゃって大丈夫？」というような、けっこう下品な歌もあったりして。全国各地で各々が好き放題、好き勝手に詠んだものが、そのまま残っているのです。そんな『万葉集』は、言わば「時代をこえたＳＮＳ」。

そうそう、元号発表の直後に頻繁に取り上げられていた「梅《ばい》花《か》の宴《うたげ》」ですが、実は、「あの宴は虚構ではないか」という説があるのをご存じでしょうか？　その根拠とされている和歌も、本書でご紹介いたしますよ（１３２ページ）。

和歌＝「貴族の優雅なたしなみで、ハードルが高いもの」と思われがちですが、本書を読み終えた後は、その思い込みはキレイさっぱり捨て去っていただけること間違いありません。

本書を読んで、『万葉集』をもっと身近で楽しいものに感じていただけましたら幸いです。

岡本梨奈

恋

風流、ユーモア

習慣、暮らしぶり

人生、想い

自然、四季

参考文献
『新編 日本古典文学全集6　萬葉集①』、『新編 日本古典文学全集7　萬葉集②』、『新編 日本古典文学全集8　萬葉集③』、『新編 日本古典文学全集9　萬葉集④』（すべて小学館）

本書の見方、使い方

本書では、『万葉集』を楽しく、簡単に理解できるように、
キャラクターやマンガを盛り込み、やさしく解説していきます。

本書は５つのジャンルに分かれています。

各和歌のイメージをキャラクターで表しました。

歌の意味です。

ぜひ読んでいただきたい和歌を41首紹介していきます。歌の後ろの（　）内は、詠み手、性別、歌番号です。

歌が詠まれた背景です。

現代におきかえての使い方を紹介します。

わかりにくい語句を解説します。

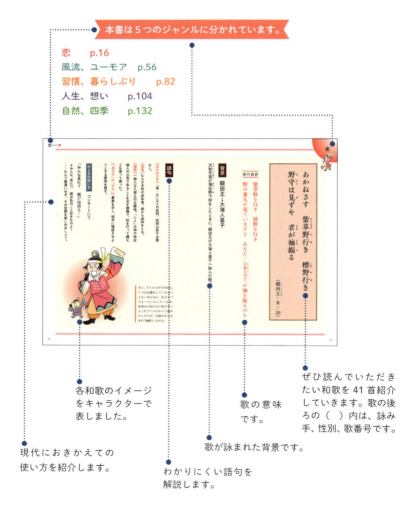

各和歌のキャラクターが登場するマンガです。楽しみながら読むことで、和歌の意味が理解しやすくなります。

各和歌の解説です。詠まれた背景や詠み手の気持ちなどがわかります。

額田王は、もともとは大海人皇子（後の天武天皇）の妻で、十市皇女を生み、夫婦仲も良かったようです。しかし、大海人皇子の兄である天智天皇（中大兄皇子）からの申し出により、額田王は天智天皇に召されることになりました。大海人皇子は、兄からの要望だったため、仕方なしに額田王から手を引いたのです。

当時、「袖を振る」という行為は、直接的な愛情表現だと考えられていました。現代でいうところの「投げキッス」と同じようなイメージを持っていただくと良いかもしれません。つまり、大海人皇子が、野原で野守が見ているかもしれない状況で額田王に投げキッスをした（袖を振った）行為は、元妻に愛のメッセージを送ったことになります。これが噂になり、天智天皇の耳に入ってしまったら、さあ大変!

この歌は、そんな状況下で、額田王が大海人皇子の行為を心配して詠んだ歌です。「野守」は、天智天皇のことを指しているのではないか、という説もあります。

天智天皇に召された額田王ではありますが、本当はまだお互い未練があるのかと思われるような内容の歌ですね……。さて、真相はいかに。

『万葉集』歌人名鑑

本書に掲載している和歌の詠み手のプロフィールです。人物像を知ると、和歌の理解も深まります。

知っておきたい万葉ライフ

『万葉集』が詠まれた時代の「愛情表現」「俗信」「前兆、願掛け」「生き物」を紹介します。当時の背景がわかり、和歌をより深く理解できます。

解説やマンガを読むと、『万葉集』がグンと身近になるよ!

『万葉集』は
時代をこえたＳＮＳ！

元号「令和」がきっかけとなり、にわかに注目が集まっている『万葉集』。「興味はあるけど、敷居が高そう」と思っている人も多いのではないでしょうか。ここでは、『万葉集』の魅力と知っておきたい基礎知識をご紹介していきます。

こんにちは。岡本梨奈です。
みなさんは、『万葉集』や「和歌」に対して、どのようなイメージをお持ちですか。
「昔の偉い人が詠んだ難しい歌」、あるいは、「高尚な世界の歌」などでしょうか。
しかし、それだけではありません。
ここでは、『万葉集』の魅力を紹介します。

岡本先生

『万葉集』の楽しさを伝える岡本先生。日常生活とリンクさせた解説は、学生にも大人気。座右の銘は、「『万葉集』は時代をこえたＳＮＳ」。

『万葉集』は、偉い人や貴族が詠んだ歌もあるけど、一個人の感想や下世話な歌もたくさんあるんだよ。

つぶやき麻呂

改元をきっかけに『万葉集』に興味を持ち始めた、にわか『万葉集』ファン。特に、柿本人麻呂が好き。

『万葉集』の魅力 その一 思わず共感してしまう！

『万葉集』の歌の種類（＝部立て〔13ページ〕）は、雑歌《ぞうか》、相聞歌《そうもんか》、挽歌《ばんか》の３種類。このうち、男女の恋など私的な内容を詠んだのが「相聞歌」で、約1800首あります。それほど、一個人の感情を詠んだ歌が多く、現代を生きる我々でも、自然と共感できちゃうのです。

『万葉集』の魅力 その二 庶民の暮らしぶりがわかる

『万葉集』全20巻には、約4500首の和歌が収められていますが、その４割強は、作者不明の一般人が詠んだ歌。そこから、歴史の授業では触れられることの少ない、一般庶民の生活や暮らしぶり、気持ちを知ることができます。

『万葉集』の魅力 その三 時代をこえたＳＮＳ！

ＳＮＳが欠かせない現代ですが、そのルーツは『万葉集』といえるかもしれません。それほど『万葉集』は、個人の感想を好き放題に詠んでいるのです。本書では約41首の和歌を紹介していきますが、「これって、ただの個人の感想じゃん」と思ってしまう歌が多数あることがわかるはずです。

『万葉集』のきほんのき

『万葉集』の魅力がわかったところで、『万葉集』のきほんの“き”を見ていきましょう！

巻構成、収録数

全二十巻・約四千五百首の歌が収録されています。

歌の形式は？

五七五七七の短歌が9割強を占めます。ほかに、五七を繰り返して五七七で終わる長歌、五七七五七七の旋頭《せどう》歌《か》、五七五七七七の仏足石《ぶっそくせき》歌《か》もあります（仏足石歌は、『万葉集』に一首しか収録されていません）。

編者は？

勅撰《ちょくせん》説、橘諸兄《たちばなのもろえ》編纂《へんさん》説、大《おお》伴家持《とものやかもち》編纂説など諸説ありますが、現在では、大伴家持編纂説が一般的かつ有力です。ただし、家持ひとりではなく、複数の人が関わっていることも間違いないでしょう。

いつ作られたの？

実質的な時代は、飛鳥時代から奈良時代にいたる百三十年間といわれています。

＊例えば、本書16ページの雄略天皇《ゆうりゃくてんのう》の歌は、それより前の五世紀後半頃の歌。つまり、飛鳥時代以前の歌も収録されています。

作者は？

天皇、皇族はもちろん、新羅に派遣された遣新《けんしら》羅使《ぎし》、九州の警備に当たった防人《さきもり》、そして一般庶民まで、幅広く詠まれています。

歌の種類は？

万葉集の歌の種類は「三大部立《さんだいぶだ》て」といわれ、「雑《ぞう》歌《か》」「相聞歌《そうもんか》」「挽歌《ばんか》」の3ジャンルです。

雑歌 公的な歌。宮廷の儀式や行幸、宴会など公の場で詠まれた歌。相聞歌、挽歌以外の歌の総称でもあります。

相聞歌 男女の恋歌を中心にした私的な歌。歌の中で一番多い。男女間だけでなく、友人、肉親、兄弟姉妹、親族間の歌もあります。

挽歌 死を悼む歌や死者追慕の歌など、人の死にまつわる歌。もともとは中国の葬送時に、柩《ひつぎ》を挽《ひ》く者が謡《うた》う歌のことです。

『万葉集』の時代区分と代表的歌人

万葉集の時代区分は、第一期から第四期に分かれます。

＊第一期以前の歌も収録されているため、それらは古代の歌として区別することもあります。

古代の歌　**舒明天皇《じょめいてんのう》即位以前**

代表的歌人　磐姫皇后《いわのひめこうごう》（40ページ）、雄略天皇《ゆうりゃくてんのう》（16ページ）、上宮聖徳皇子《かみつみやしょうとくのみこ》（128ページ）など。

第一期

629〜672年／舒明天皇即位から壬申の乱まで

代表的歌人　中大兄皇子《なかのおおえのおうじ》（天智天皇《てんじてんのう》）（20ページ）、大海人皇子《おおあまのおうじ》（天武天皇《てんむてんのう》）（28ページ他）、額田王《ぬかたのおおきみ》（24ページ）、有間皇子《ありまのみこ》（104ページ）など。

第二期

672〜710年／壬申の乱から平城京遷都まで

代表的歌人　大津皇子《おおつのみこ》（32ページ他）、持統天皇《じとうてんのう》（136ページ）、柿本人麻呂《かきのもとのひとまろ》（140ページ他）、高市連黒人《たけちのむらじくろひと》（126ページ）など。

第三期

710〜733年／平城京遷都から山上憶良の没年まで

代表的歌人　山上憶良《やまのうえのおくら》（92ページ他）、大伴旅人《おおとものたびと》（56ページ他）、山部宿禰赤人《やまべのすくねあかひと》（50ページ）、高橋連虫麻呂《たかはしのむらじむしまろ》（88ページ）、大伴坂上郎女《おおとものさかのうえのいらつめ》（82ページ）など。

第四期

733〜759年／山上憶良の没年から最終歌まで

代表的歌人　大伴家持《おおとものやかもち》（66ページ他）、笠女郎《かさのいらつめ》（148ページ）、防人の歌（114ページ他）など。

『万葉集』の巻構成

『万葉集』は、巻一から巻二十の二十冊に、約四千五百首が収録されています。巻ごとの特徴を見ていきましょう。

巻一　天皇、宮廷を中心にした雑歌。

巻二　宮廷中心の相聞歌・挽歌。

巻三　巻一、巻二を補足する歌など。

巻四　第一期から第四期の相聞歌。

巻五　大宰府《だざいふ》を中心にした雑歌など。

巻六　宮廷を中心にした歌など。

巻七　作者不明の雑歌・挽歌など。

巻八　四季に分類された雑歌・相聞歌。

巻九　旅や伝説の歌など。

巻十　作者不明の四季の歌。

巻十一　作者不明の相聞歌など。

巻十二　巻十一と同じ。作者不明の相聞歌など。

巻十三　作者不明の長歌。

巻十四　東国《とうごく》で詠まれた「東歌《あずまうた》」。

理解が深まるキーワード

枕詞《まくらことば》 和歌で特定の語を導きます。通常は五音。訳す必要はありません。

主な組み合わせ

あかねさす（25ページ）↓紫・日
あしひきの（33ページ）↓山・峰
そらみつ（17ページ）↓大和
磯城島の（46、100ページ）↓大和
高座の（50ページ）↓三笠
草枕（128ページ）↓旅

返歌《へんか》 人から贈られた歌に返事として返す歌（30ページ他）。

反歌《はんか》 長歌の後に、要約や補足で詠み添える短歌（47ページ他）。

妹《いも》 男性から妻や恋人、姉妹などを呼ぶ語（28ページ他）。

背《せ》 女性から夫や恋人、兄弟などを呼ぶ語（114ページ他）。「背子《せこ》」は、男性同士が親しみを込めて呼びかける場合もある（74ページ他）。

歌垣《うたがき》 日本各地で行われていた民間行事で、多数の男女が決められた場所に集まり、飲食したり、歌を詠み交わしたりする祭り（90、97ページ）。性的交わりを持つこともあった。

巻十五 遣新羅使《けんしらぎし》の歌、中臣宅守《なかとみのやかもり》の歌など。
巻十六 伝説の歌。各地の民謡、こっけいな歌など。
巻十七 大伴家持の「歌日記」。越中赴任前後の歌など。
巻十八 大伴家持の「歌日記」。越中時代の歌など。
巻十九 大伴家持の「歌日記」。越中時代および帰京後の歌など。
巻二十 大伴家持の「歌日記」。防人の歌を含むなど。

籠《こ》もよ　み籠《こ》持《も》ち　ふくしもよ　みぶくし持《も》ち
この岡《をか》に　菜《な》摘《つ》ます児《こ》　家《いへ》告《の》らせ　名《な》告《の》らさね
そらみつ　大和《やまと》の国《くに》は　おしなべて
我《われ》こそ居《を》れ　しきなべて　我《われ》こそいませ
我《われ》こそば　告《の》らめ　家《いへ》をも名《な》をも

（大泊瀬稚武天皇《おおはつせわかたけるてんのう》〔雄略天皇《ゆうりゃくてんのう》〕・男／1）

現代語訳

籠《かご》も　素敵な籠を持ち　ふくしも　素敵なふくしを持ち
この丘で　菜を摘む少女よ　身分を明かし　名前も明かされよ
大和の国は　すべて
私が君臨している　すみずみまで　私が治めている
私が　告げよう　身分も名前も

背景

雄略天皇↓菜を摘む少女

雄略天皇が菜を摘んでいる少女を見かけてその少女に詠んだ歌。

語句

【「籠もよ」の「よ」】強調の意味の間投助詞。

【ふくし】根菜類を掘り取るためのへら。

【児】人を親しんで呼ぶ語。特に初対面の少女に対して用いられることが多い。

【家】家族の意味。ここでは身分のこと。

【そらみつ】「大和」の枕詞。枕詞は訳す必要なし。

【いませ】尊敬語（ここでは自敬表現となるが、伝承者の敬意が入ってしまったものと考えられるため、現代語訳では尊敬訳としなかった）。

大和国に君臨するMr. エンペラー。趣味はナンパで、「余の誘いを断る女はいない」と信じて疑わない。決まり文句は「そなたの名前は？」。

『万葉集』の巻頭を飾るのは、少女をナンパする歌だった!?

『万葉集』の巻頭の歌です。雄略天皇が行幸《みゆき》（＝お出かけ）をしたときに、丘で青菜を摘んでいる少女を見かけ、その少女に名前を尋ねる歌を詠みかけました。

昔の女性は、自分の名前を公にはしません。家族や夫しか知らないのです（紫式部や清少納言も本名ではありませんし、本名は伝わってもいません）。よって、男性が女性に「名前を尋ねる」という行為は、「求婚」の意思表示だったのです。

この歌では、通りすがりに見かけた少女にいきなり名前を聞いていますので、現代で言うところの「ナンパ」ですね。なんと『万葉集』は、天皇のナンパから始まる和歌集です。そして、この歌、自信満々感が半端ないですよね。国で最大の権力者の歌ですから、そりゃそうです。

雄略天皇は、『古事記』や『日本書紀』の中で、皇位につくためにライバルを殺したり、たくさんの人々を処刑したり、かなり気性が激しい天皇として書かれています。そんな「大悪の天皇」とすらいわれている雄略天皇からナンパをされた女性は、いったいどんな気持ちだったのでしょう。

ちなみに、現代のエリート男性が同じことをすると、嫌われる可能性が高いはずです。「お前、オレの彼女になれよ。あ？　オレ？　オレ、超エリートだぜ」みたいな……。

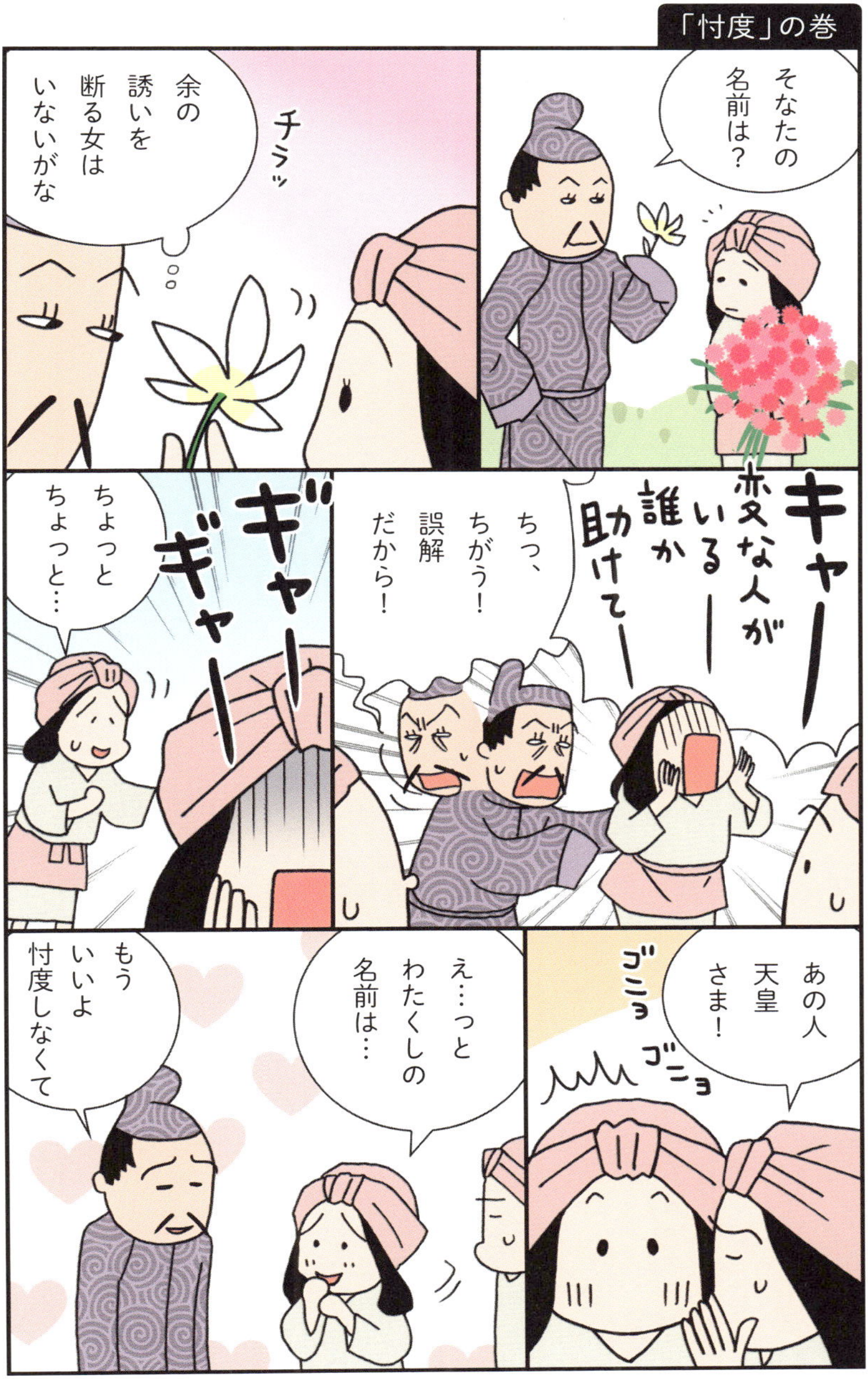
「忖度」の巻
そなたの名前は？
余の誘いを断る女はいないがな
チラッ
キャーー変な人がいるーー誰か助けてーー
ちっ、ちがう！誤解だから！
ギャーギャーー
ちょっとちょっと…
あの人天皇さま！
ゴニョゴニョ
え…っとわたくしの名前は…
もういいよ忖度しなくて

香具山《かぐやま》は　畝傍《うねび》雄《を》雄《を》しと　耳梨《みみなし》と
相《あひ》争《あらそ》ひき　神代《かみよ》より　かくにあるらし　古《いにしへ》も
然《しか》にあれこそ　うつせみも　妻《つま》を　争《あらそ》ふらしき
（中大兄皇子《なかのおおえのおうじ》〔天智天皇《てんじてんのう》〕・男／13）

現代語訳

香具山は　畝傍山を男らしく思って　耳梨山と
もめてケンカをした　神代の頃から　こうであるらしい　昔も
そうなので　この今の世にいる人も　妻を　奪い合うらしい

背景

中大兄皇子〔天智天皇〕が大和三山〔香具山（香久山）・畝傍山・耳梨山（耳成山）〕のことを詠んだ歌。

語句

【「争ひき」の「き」】過去の助動詞。

【かくにあるらし】「かく」は「こう、この、このような」などの指示語、「に」は断定の助動詞「なり」の連用形（「に＋あり」の「に」は「断定」になりやすい）、「らし」は推定の助動詞。

【然】そう、その、そのような。

【うつせみ】この世の人。

かぐやです。みみなしさんと交際中だけど、最近、うねびさんのことが気になって。これって、三角関係って言うのかしら。都でも一人の女性を巡って皇子二人が争っているって聞いたけど、同じことなのかしら。

三つの説は、いずれも三角関係のにおいがぷんぷん!?

中大兄皇子〔天智天皇〕が大和三山（香久山、畝傍山、耳成山）を擬人化し、三角関係に仕立てて詠んだ歌です。この歌には三つの説があります。一つ目は〔耳梨くんとケンカ説〕。本書の現代語訳でもある「香具山（女）、畝傍（男）、耳梨（男）」で、「うねびををし」が「畝傍『雄雄《をを》し』」。「畝傍山が男らしい」の意味です。香具山ちゃんと耳梨くんが付き合っていたけれど、香具山ちゃんが「畝傍くんって男らしい♥」と思い、耳梨くんとケンカになったという解釈。

二つ目は〔香具山ちゃん（女）vs耳梨ちゃん（女）説〕で、こちらも「畝傍雄雄し」。耳梨ちゃんと畝傍くん（男）の取り合いをする解釈です。「妻を争ふ（妻を奪い合う）」とあることから「？」と思う人もいるでしょうが、「妻」には「夫」の意味もあり、この場合が「妻」＝「夫」ですね。

三つ目は〔香具山くんvs耳梨くん説〕。「香具山（男）、畝傍（女）、耳梨（男）」で、「うねびををし」が「畝傍を『愛《を》し』」。「畝傍がかわいい」の意味です。香具山くんが「畝傍ちゃん、かわいいなあ」と思ったけれど、耳梨くんもそう思っていたので、畝傍ちゃんの取り合いをする解釈です。

中大兄皇子は額田王《ぬかたのおおきみ》を巡って、弟の大海人皇子《おおあまのおうじ》と三角関係になっているので、〔耳梨くんとケンカ説〕や〔香具山くんvs耳梨くん説〕の解釈だとおもしろいのですが、どれが正しいかは不明です。

「三角関係」の巻

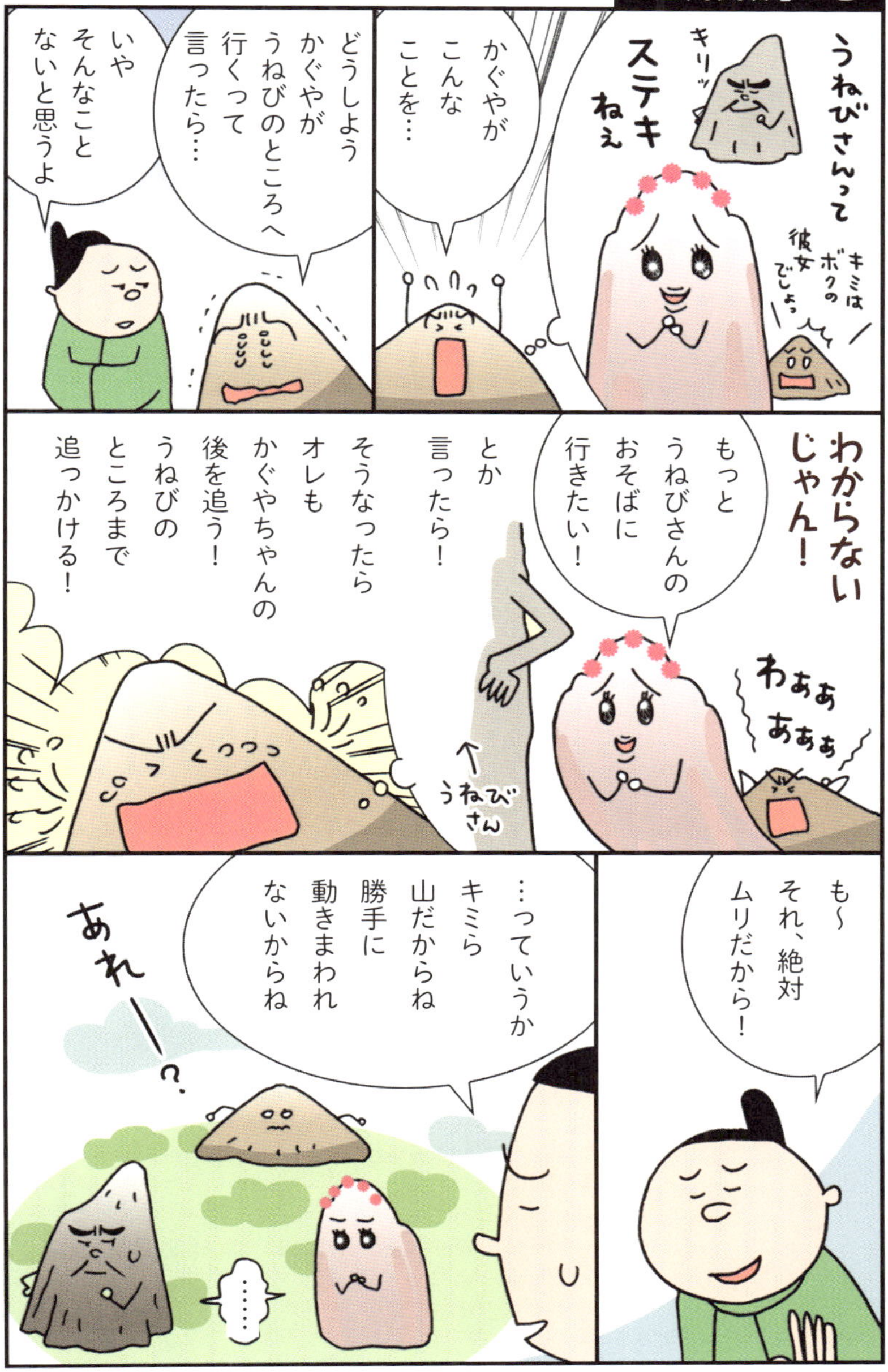
うねびさんってステキねぇ
キリッ
キミはボクの彼女でしょっ
かぐやがこんなことを…
どうしようかぐやがうねびのところへ行くって言ったら…
いやそんなことないと思うよ
わからないじゃん！
もっとうねびさんのおそばに行きたい！
わあああああ
うねびさん
とか言ったら！
そうなったらオレもかぐやちゃんの後を追う！うねびのところまで追っかける！
も〜それ、絶対ムリだから！
…っていうかキミら山だからね勝手に動きまわれないからね
あれー？
……

あかねさす　紫草野《むらさきの》行《ゆ》き　標野《しめの》行《ゆ》き
野守《のもり》は見《み》ずや　君《きみ》が袖《そで》振《ふ》る
（額田王《ぬかたのおおきみ》・女／20）

現代語訳

紫草野を行き　標野を行き
野の番人が見ていますよ　あなた〔＝大海人皇子《おおあまのおうじ》〕が袖を振るのを

背景

額田王→大海人皇子

天智天皇《てんじてんのう》が蒲生野《がもうの》で狩をしたときに、額田王が大海人皇子へ詠んだ歌。

語句

【あかねさす】「紫・日」などの枕詞。枕詞は訳す必要なし。

【紫草】むらさき科の多年草。根から染料をとる。

【標野】一般人立入禁止の丘陵地。「シメ」は神や特定個人の占有であることを示す標識で、杭を打って縄などを張って囲った。

【「見ずや」の「ずや」】事実を示し、相手に確認させようとする意味を表す。

今どきの使い方　コンサートにて

「みんな見た？　彼が袖振る！」

＊みんな、見た?!　彼は私のこと好きなのよ！

……なんて勘違いせず、その空間を楽しみましょう。

オレ、アイドルのTENMU。いつも応援をしてくれるベイビーのために、全力でパフォーマンスしているぜ。未来の大和では「投げキッス」がアイドルの十八番みたいだけど、元祖はオレさまの「袖振り」なのさ。

元カレからのラブコールに、「ダメ、あの人が見てるから！」

額田王は、もともとは大海人皇子（後の天武天皇《てんむてんのう》）の妻で、十市皇女《とおちのひめみこ》を生み、夫婦仲も良かったようです。しかし、大海人皇子の兄である天智天皇（中大兄皇子）からの申し出により、額田王は天智天皇に召されることになりました。大海人皇子は、兄からの要望だったため、仕方なしに額田王から手を引いたのです。

当時、「袖を振る」という行為は、直接的な愛情表現だと考えられていました。現代でいうところの「投げキッス」と同じようなイメージを持っていただくと良いかもしれません。つまり、大海人皇子が、野原で野守が見ているかもしれない状況で額田王に投げキッスをした（袖を振った）行為は、元妻に愛のメッセージを送ったことになります。これが噂になり、天智天皇の耳に入ってしまったら、さあ大変！

この歌は、そんな状況下で、額田王が大海人皇子の行為を心配して詠んだ歌です。「野守」は、天智天皇のことを指しているのではないか、という説もあります。

天智天皇に召された額田王ではありますが、本当はまだお互い未練があるのかと思われるような内容の歌ですね……。さて、真相はいかに。

「君が袖振る」の巻

フリ
フリ
フリ
私に袖を振ったわ！
私に振ったのよ
私よ～!!
キャー
キャー
キャー
ワー
ワー
も～やたらに袖を振らないでくださいよ！立派な求愛行動なんですよ
だからいいじゃんオレさまはみんなを愛してるんだから！
パタ
パタ
も～人の話聞いてます？
誰かれかまわず振るなっつーの！
そもそもあの方人妻でしょ問題になったらどうするんです
テヘ！

紫草《むらさき》の　にほへる妹《いも》を　憎《にく》くあらば
人妻《ひとづま》故《ゆゑ》に　我恋《あれこ》ひめやも
（大海人皇子《おおあまのおうじ》〔天武天皇《てんむてんのう》〕・男／21）

現代語訳

紫草のように　美しいあなた〔＝額田王《ぬかたのおおきみ》〕を　憎いのならば
人妻なのに　私が恋しく思うだろうか、いや、思わない

背景

大海人皇子→額田王

額田王が詠んだ歌（24ページ）に対する、大海人皇子の返歌。

語句

【にほへる】「にほふ」は「香る」という意味より、「美しく照り映える」など視覚的な美しさの意味で使うほうが多い。「る」は存続の助動詞「り」の連体形。

【妹】男性から妻や恋人、姉妹などを呼ぶ語。女性から夫や恋人、兄弟などを呼ぶ語は「せ（背・夫・兄）」。よって、「妹背」は「夫婦」や「兄弟姉妹」を表す語。

【あらば】未然形＋ば＝順接仮定条件。

【めやも】反語を表す。

今どきの使い方

「タイプでないなら、人妻故に我恋ひめやも」

＊「タイプでないなら、人妻なのに恋しく思わない」

→「タイプだから、人妻なのにあきらめきれない」という意味です。

人妻の紫です。再婚した身だけど、元夫から求愛されて、どうしましょ。未来の世界では、「不倫」がドラマや小説になるようだけど、不倫って、好きでするわけじゃないのよね。気づいたら不倫だったという……。あら、私って罪な女ね。

秘密の愛のやりとりか、虚言か？　謎に包まれた返歌

この歌は、24ページの額田王の歌に対する大海人皇子の返歌（＊）です。直訳だとわかりにくいのですが、「憎くないので、人妻なのにあきらめきれない」という意味で、大海人皇子は妻を兄である天智天皇《てんじてんのう》（中大兄皇子《なかのおおえのおうじ》）に譲り渡したとはいえ、額田王がまだ恋しいと詠んでいるのです。

しかし、この和歌の通説は、今述べたような二人の秘密の愛のやりとりではなく、狩の後の宴会で天智天皇の目の前で詠んだ戯言のようなものだった、というものです。

これを裏付けるのが、和歌の後ろに書かれた「日本書紀に『天智天皇の七年五月五日に、蒲生野《がもうの》で狩をなさった。その時に、皇太弟〔＝大海人皇子〕・諸王・内臣〔＝藤原鎌足《ふじわらのかまたり》〕や群臣が、すべてお供した』とある」という一文です。天智天皇は、五月五日に蒲生野〔＝現在の滋賀県近江《おうみ》八幡《はちまん》市、東近江市あたりの平野〕で端午の節句の薬のために、鹿や薬草をとる薬狩《くすりがり》をしました。この薬狩は、皇族たちや臣下、女性なども一緒に出かける日でもありました。24ページの額田王の歌と、この返歌は、薬狩後の宴会で詠まれたものだろうと考えられているので、二人の秘密の愛のやりとりではないことになります。ちなみに完全に妄想ではありますが、どちらか、もしくは両人とも、内心は未練があり、戯言と見せかけて堂々と詠んでいるとしたら、それはそれでなんだか切ないですね。

＊返歌…人から贈られた歌に返事として返す歌。

「君が袖振る　Part2」の巻

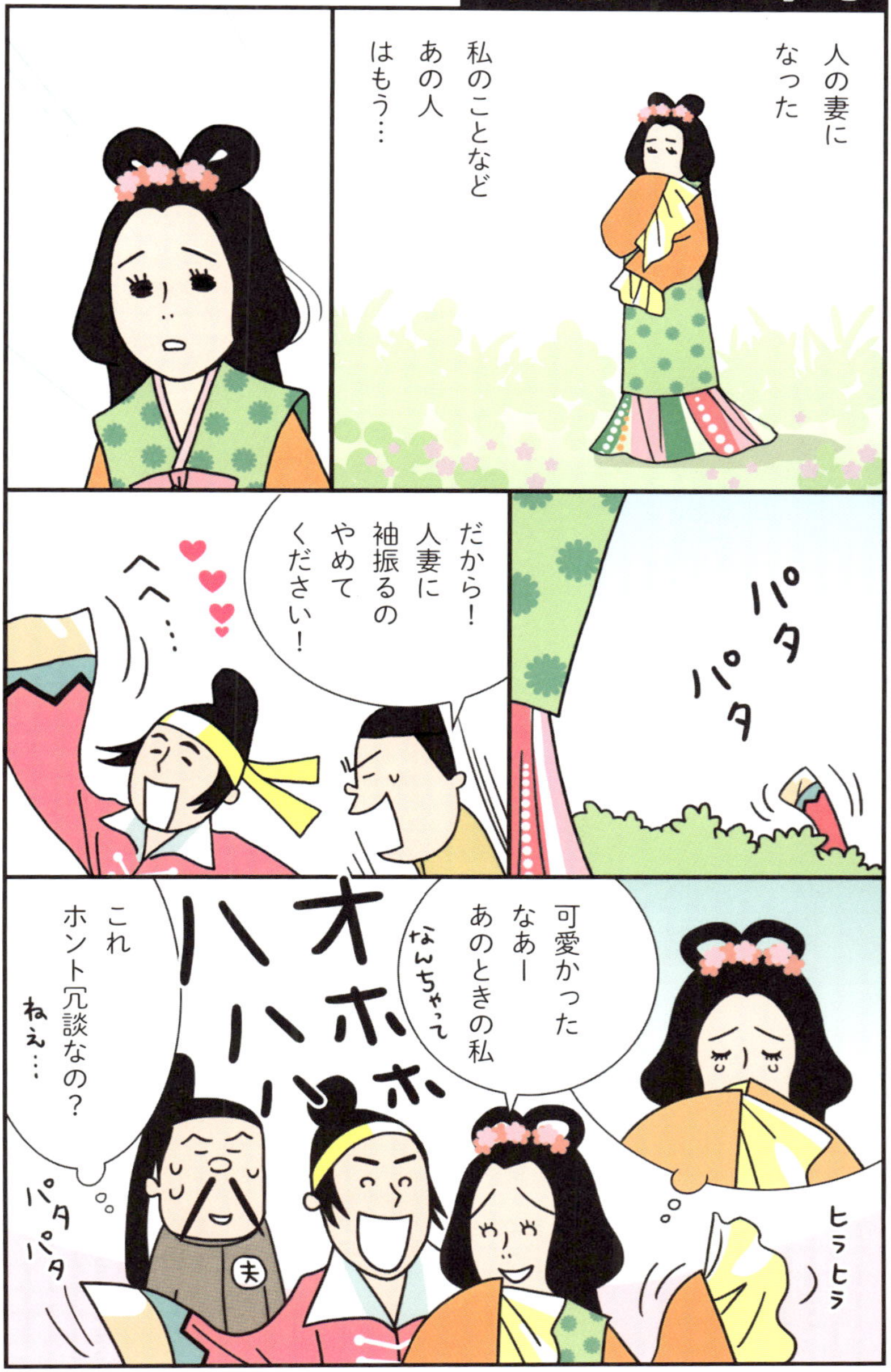

あしひきの　山《やま》のしづくに　妹《いも》待《ま》つと
我《あれ》立《た》ち濡《ぬ》れぬ　山《やま》のしづくに
（大津皇子《おおつのみこ》・男／107）

現代語訳

山のしずくで　あなたを待っていて
私は濡れてしまった　山のしずくで

背景

大津皇子↓石川郎女《いしかわのいらつめ》

大津皇子は石川郎女と山で待ち合わせの約束をしていたが、石川郎女はとうとう来なかった。そこで、大津皇子が石川郎女に贈った歌。

語句

【あしひきの】「山」の枕詞。枕詞は訳す必要なし。
【「濡れぬ」の「ぬ」】完了の助動詞。

今どきの使い方

「我立ち濡れぬ　雨のしづくに」

＊傘を忘れてしまったときに、大津皇子を思い出しながら、こんな風につぶやくのも風流かもしれません。

映画のワンシーンのように、こんなセリフをつぶやいてみましょう。

「君を待っていたら濡れちゃったよ」って彼女に伝えたら、「そのしずくになりたい」だって。そんなこといわれたら、何回だって待っちゃうよ～(ヘックショイ)。

待ち合わせで会えなかった二人が交した、情感たっぷりの歌

大津皇子は山で石川郎女を待っていましたが、郎女は来ず……。この歌は、そのときに大津皇子が郎女に贈った歌。「山のしづくに」は「立ち濡れ」にかかりますが、「山のしずくでさぁ」と先に言ってしまい、「キミを待っていて、ボク濡れたじゃん」と伝えています。最後にも「山のしずくで」と言っていることから、待っていたことをよほどアピールしたかったのでしょう。

これに対する石川郎女の返歌が次の歌です。「我《あ》を待つと　君《きみ》が濡《ぬ》れけむ　あしひきの　山《やま》のしづくに　ならましものを（私を待って　あなたが濡れたとかいう　山のしずくに　なれたらよいのになあ）」（108）。「山のしずくになれたらよいのになあ」というのは、「そうならば、あなたに触れられたのに」という意味。「あなたにぴったり寄り添っていたい」などと直接表現するよりも、よほど洒落た言い回しですね。きっと、大津皇子は郎女にメロメロだったことでしょう。郎女は、大津皇子の異母兄である草壁皇子《くさかべのみこ》からも愛されていました。弟が兄の彼女を取ったのです。弟に気持ちがなびく郎女の気持ちを引き留めるために、草壁皇子は「大名児《おほなこ》を　彼方野辺《をちかたのへ》に　刈《か》る草《かや》の　束《つか》の間《あひだ》も　我忘《あれわす》れめや（大名児〔＝郎女〕を　遠くに見える野辺で　刈っている萱《かや》のように束の間の短い間も　私は（あなたを）忘れるか、いや、忘れない）」（110）と詠みました。

「しずく」の巻

必ず行くからねー
へへへ…
彼女を待ってたらしずくで濡れちゃったー
ヘックショイ!
これは相当待ったってことよね
ちゃんと謝った方がよろしくってよ!
ひっどーい
かわいそー
ガチーン
これでいかが?
サラサラ
キャーッ! 悪女ーッ
ひどーい でもステキー
私、そのし・ず・くになりたいわ

大船《おほぶね》の　津守《つもり》が占《うら》に　告《の》らむとは
まさしに知《し》りて　我《わ》が二人《ふたり》寝《ね》し
（大津皇子《おおつのみこ》・男／109）

現代語訳

津守の占いに　現れるだろうとは
ちゃんとわかっていて　私たち二人は寝たのだ

背景

津守の占いに大津皇子と石川《いしかわの》郎女《いらつめ》の不倫（？）関係が現れ、そのときに大津皇子が詠んだ歌。

語句

【大船の】「津（船着場のこと）」にかかる、即興的な枕詞。枕詞は訳す必要なし。

【津守】もともとは港の管理者のこと。摂津の住吉神社の神主も津守氏の一族。

【「津守が占」の「が」】連体修飾格（〜の）の格助詞。

【占に告らむ】「占に告ら」は、「占に告る」（神意が占いの結果として現れること）の未然形。ここでは、「のる」が、「告る」と「（舟に）乗る」の掛詞。「む」は、推量の助動詞。

【まさしに】まさしく。ここでは、占いの結果が確かなこと。

【「寝し」の「し」】過去の助動詞「き」の連体形。連体止めで詠嘆を表す。

占い師にオレたちの関係をバッチリ当てられたぜ。友人から忠告を受けたけど、そんなことは気にしない、気にしない。人生一度きり、大いに楽しまなけりゃ。

石川郎女との関係を暴露された大津皇子が、開き直って詠んだ歌

「津守」はここでは津守連通《つもりのむらじとおる》のことで、陰陽道の達人として朝廷から認められた人物です。その津守連通の占いに、大津皇子が石川郎女と秘かに関係を持ったことが現れました。この歌は、それを聞いた大津皇子が詠んだといわれています（実否は不明）。当時の占いは、鹿の肩甲骨や亀の甲羅を焼いて、そのひび割れ具合で吉凶を占いました。それを津守連通がどう読み解いたのかは謎ですが、大津皇子と郎女の仲を暴いたのです。34ページでお話しした通り、大津皇子は異母兄・草壁《くさかべの》皇子《みこ》の彼女を横取りしたような形で関係を持ちました。しかし、大津皇子はこの占いに慌てることなく、「別にバレてもかまわないし。そうだよ、二人で寝たよ」という余裕の態度だったとか。

大津皇子は、このように恋愛に奔放な人物でしたが、容姿端麗、才学もあり、マナーも兼ね備えていたので、多くの人から支持されていました。一方の草壁皇子は平凡な人間でした。そのため、草壁皇子の母である持統天皇《じとうてんのう》は、息子の地位を心配し、大津皇子を疎んでいました。この歌は、息子に対して失礼にもあたるため、持統天皇はイラッとし、大津皇子に、より不快な感情を持ったことでしょう。二人の父である天武天皇《てんむてんのう》が亡くなった後、大津皇子は謀叛《むほん》の罪で自害させられましたが、持統天皇がそうなるように仕向けたともいわれています。

「勘違い」の巻

キミたち二人が寝てたって占い師が騒いでいたよ
占
亀
見えた
ふーん
もしもそんなうわさが広まったら大変なことに…
大丈夫だよ
ニコ
え？バレてもいいの？
へーキへーキバレるのも想定内さ
キミのシュミ…
ボク
石川郎女
さすがにキミの相手が草壁皇子ってのはびっくりしたよ
え!?
草壁皇子
ボク
石川郎女ならともかく
みんなに話しちゃおー
ちょっ！それ、相手が違う！
どど
どど

君《きみ》が行《ゆ》き　日《け》長《なが》くなりぬ　山《やま》尋《たづ》ね
迎《むか》へか行《ゆ》かむ　待《ま》ちにか待《ま》たむ

（磐《いわの》姫《ひめ》皇《こう》后《ごう》・女／85）

現代語訳

あなた〔＝仁徳天皇《にんとくてんのう》〕の行幸《みゆき》は　長くなりました　山を尋ねて
お迎えに行こうか　ただただ待とうか

背景

磐姫皇后→仁徳天皇

仁徳天皇がお出かけからなかなか帰ってこないので、磐姫皇后が詠んだ歌。

語句

【日】「日《け》」は、上代語（奈良時代や、それ以前に使われていた日本語）で「日《ひ》」の複数。二日以上の期間。

【「なりぬ」の「ぬ」】完了の助動詞。

【「か」】疑問の係助詞。

【「む」】意志の助動詞「む」の連体形。

【「待ちにか待たむ」の「に」】強調の格助詞。

今どきの使い方

彼がデートの待ち合わせに来ないとき。

「迎へか行かむ　待ちにか待たむ……」

＊ＬＩＮＥも未読のままで連絡がつかずに30分。家まで行こうか、このまま待とうか、悩みどころですね。

スマートフォンって、便利ね。愛しの君の居場所が、ライブでわかるのだから。昔はね、「お迎えに行こうかしら、それとも、じっと待つべきかしら」なんて思い悩んだものだけど、文明の利器、万歳ね。

嫉妬深い皇后が、帰ってこない夫へのいら立ちを詠んだ歌

この歌は、出かけてからだいぶ経つのに帰ってこない夫・仁徳天皇に対して、磐姫皇后がしびれをきらして「迎えに行こうか」と詠んでいます。当時は、一夫多妻で男性が女性のもとへ通うのが通常でしたので、女性から男性を迎えに行くのは、とても珍しいことでした。磐姫皇后はヤキモチ焼きの女性として有名です。仁徳天皇のことを思って作った歌は複数あり、「かくばかり　恋《こ》ひつつあらずは　高山《たかやま》の　岩根《いはね》しまきて　死《し》なましものを（こんなに　恋しく思い続けているならばいっそ　高山の　大きな岩を枕にして　死んだほうがましなのになあ）」（86）などがあります。

『日本書紀』に、磐姫皇后の嫉妬深さを表す話が書かれています。仁徳天皇が皇后に「八田皇女《やたのひめみこ》を妃（皇后に次ぐ地位）に迎えたい」とお願いしたところ、皇后は断固拒否。しかし天皇は、皇后の旅行中に八田皇女を宮中に召し入れました。それを聞いた皇后は、宮中の他の場所に宮殿を建てて住み、天皇の使者も追い返し、天皇本人が来ても会わず、その場所で亡くなったのだとか。皇后が仁徳天皇とよく衝突したのは、エリート豪族の出身で、天皇家に対抗できる勢力があったからともいわれています。40ページの歌は、実は作者不明。『万葉集』の編者が磐姫皇后の嫉妬伝説に結びつけて、皇后の作としました。もし、本当に皇后の歌なら、『万葉集』の中で最古の和歌です。

「GPS機能」の巻

お迎えに参りました
シュタッ
ギャー！
ストッ
どこにでも追っかけて来るのか？
どうも先日買ったスマホにGPSを仕込まれているみたいなんだよね
コワイよ
最新機種カッケーなあ
わー
おや渡り鳥くん
フフフあの人の現在地は…っと
あら？今日はまた、随分、遠いところに…
こんな山の中に…
仁徳天皇に最新スマホもらっちゃった〜
ラッキー

信濃《しなぬ》なる　千曲《ちぐま》の川《かは》の　小石《さざれし》も
君《きみ》し踏《ふ》みてば　玉《たま》と拾《ひろ》はむ

（作者不明／3400）

現代語訳

信濃にある　千曲川の　小石も
あなたが踏んだならば　宝石だと思って拾おう

背景　「信濃国《しなののくに》の歌」の中の一首。

語句　【なる】存在の助動詞「なり」の連体形。【君し踏みてば】「し」は強意の副助詞（「AしBば」の「し」は強意の副助詞）。「て」は完了の助動詞「つ」の未然形。「未然形＋ば」＝順接仮定条件。【玉】宝石のこと。【む】意志の助動詞。

小石も宝物!?　乙女心を詠んだ歌

この歌は「東歌《あづまうた》（＊）」で、東国の方言も伝えています（「拾はむ」の「ひろふ」は方言で、普通は「ひりふ」）。ただの川の小石を、「好きな人が踏んだだけで宝石に思える！」と歌っていますが、これは現代を生きる私たちでも共感できますね。

例えば、贈り物の包装紙。普通であれば捨ててしまいますが、好きな人がくれたプレゼントの包装紙やリボンであれば取っておく。あるいは、意中の人に貸した消しゴムが宝物になる……。

普通なら何でもないものが、好きな人が触れただけで宝石のように大切なものになる……。恋する気持ちは、今も昔も変わらないのですね。

＊東歌…遠江《とおとうみ》から陸奥《みちのく》までの東国地方の歌で、素朴な内容が特徴。

「例えば、小石。彼が踏んだら、それはもう宝石と一緒。例えば、贈り物の包装紙。中身もうれしいけど、包装紙だって宝物。例えば、リボン……」。古代から、「恋は盲目」なのでした。

磯城島《しきしま》の　大和《やまと》の国《くに》に　人二人《ひとふたり》
ありとし思《おも》はば　何《なに》か嘆《なげ》かむ

（作者不明／3249）

現代語訳

大和の国に　あなたのような人が他にも
いると思えるならば　どうして嘆くか、いや、嘆かない

背景 夜、苦しいほど恋い焦がれる人に逢いたくて詠んだ歌。

語句 【磯城島の】「大和」の枕詞。枕詞は訳す必要なし。【人】ここでは大好きな相手を指す。【ありとし思はば】「し」は強意の副助詞（「AしBば」の「し」は強意の副助詞）。「思はば」は「未然形＋ば」＝順接仮定条件。【「嘆かむ」の「む」】意志の助動詞。

あなたのような人はいない！

この歌は「大和には、人がこんなにもたくさん溢れているのに、心が惹かれるあなたに逢いたくて、長いこの夜を恋い焦がれて明かす」（作者不明）という歌の反歌（＊）です。「何か嘆かむ」はここでは反語で、「あなたのような人が他にいるならば嘆かない」、つまり「大和には大勢の人がいるけれど、あなたほど心から愛せる人は誰ひとりいない」と言っているのです。失恋したときの「星の数ほど女（男）はいる」というセリフとは、ちょうど正反対。恋愛中はこの和歌のように「あなたのような人は他にいない」、失恋したときは「（相手は）星の数ほどいる」と考えられたら、幸せなのかもしれませんね。

愛しの彼女に逢いたくて、毎夜、自問自答を繰り返す。「あなたのような人はいるだろうか、否」。「『星の数ほど女（男）はいる』なんて言葉、ボクの辞書にはありません！」。

＊反歌…長歌の後に要約や補足で詠み添える短歌。

みどり子《こ》の　ためこそ乳《お》母《も》は　求《もと》むといへ
乳《ち》飲《の》めや君《きみ》が　乳《お》母《も》求《もと》むらむ

（作者不明・女／2925）

現代語訳

幼い子の　ために乳母は　求めるというが
（成人の）あなたが乳を飲むのか　乳母を求めるというのは

背景　親子くらいに年が離れている年下の男性から求婚された女性の歌。

語句　【みどり子】1～3歳くらいの赤ちゃん、幼児。

年下男性の告白を断る、万葉の熟女

息子と言ってもおかしくないほど年下の男性からアプローチされた女性が、「自分なんてあなたの乳母（＝母親代わりに乳を飲ませて育てる女性）になれるくらい年をとっているのよ。そんな私を求めるなんて、あなた、成人なのに、私の乳を飲むつもりなの？」と、けんもほろろに断っている歌です。

この女性、年下男性からのアプローチに素直になれなかったのか、あるいは、まったくその気がなかったのか、さてどちら？（個人的には、たぶん後者かと）。「乳母」などと言って、はぐらかしながら断っているのですが、男性が本気であれば、この返事には、きっと傷ついたことでしょう。

熟女ブームの元祖って、私らしいわね。この間も、親子ほど年の離れた男性からアプローチを受けたわ。「あなた私のおっぱいでも飲むつもり？」って、言ってやったけど。彼がタイプだったら、考えてあげてもいいけどね。

高座《たかくら》の　三笠《みかさ》の山《やま》に　鳴《な》く鳥《とり》の
止《や》めば継《つ》がるる　恋《こひ》もするかも

（山部宿禰赤人《やまべのすくねあかひと》・男／373）

現代語訳

三笠山に　鳴く鳥のように
止んだと思えばまた繰り返さずにはいられない　恋もすることよ

背景 山部赤人《やまべのあかひと》が春日野《かすがの》（＝奈良市街地の東側）に登って作った歌の反歌。

語句 【高座の】「三笠」の枕詞。枕詞は訳す必要なし。【高座の　三笠の山に　鳴く鳥の】序詞。

鳥の鳴き声の如く押し寄せる恋心

この歌は、山部赤人が春日野に登ったときに詠んだ歌、「片思いで、昼は一日中、夜は一晩中、立ったり座ったりして物思いを私はしている。逢ってくれない娘のせいで（現代語訳）」（372）の反歌（47ページ）です。「継がるる」の「るる」は、自発の助動詞「る」の連体形。「自発」は自然発生の略で、「～せずにはいられない」という意味です。愛しい人に対する物思いが止んだかと思うと、繰り返さずにはいられないのです。「恋もするかも」は、異常なほど恋に執着している自分が嘆かわしく、呆れて不思議に思うような複雑な感情を表しています。自分でもどうしようもないような、そんな苦しい片思いを詠んだ歌なのです。

地下アイドルに夢中の「ボク」。まるで三笠山に鳴く鳥の如く、恋心が止まらない。今日も仕事の合間に、スマホで推しメンのインスタをチェック、チェック！

見渡《みわた》せば　明石《あかし》の浦《うら》に　燭《とも》す火《ひ》の
ほにそ出《い》でぬる　妹《いも》に恋《こ》ふらく
（門部王《かどべのおおきみ》〔大原門部《おおはらのかどべ》〕・男／326）

現代語訳

遠くを見ると　明石の浦に　灯っている漁火《いさりび》のように
人目につくようにはっきりと現れた　あなたへの思いだよ

背景　門部王が難波《なにわ》にいて、漁火を見て作った歌。

語句　【ほにそ出でぬる】「そ」は強意の係助詞（上代は「ぞ」ではなく、「そ」とも使う）。「ほにいづ」は「隠れていたものが人目につくようになる」の意味。「ぬる」は完了の助動詞「ぬ」の連体形。【文末の「らく」】詠嘆の接尾語。

漁火のように輝く恋心を詠んだ歌

門部王が、難波で漁師の漁火を見て自分の恋心を詠んだ歌です。「人目につくようにはっきりと現れたあなたへの思い」とありますが、これは、周囲の人から「あの娘に恋しているだろう」と指摘されていたのでしょう（著者の推測ですが）。「漁火」は、魚をおびきよせるために漁船でたく、かがり火です（現代では電気照明）。

私はこの歌を読むと、幼い頃に祖父母が住む隠岐の島で見た、真っ暗な海の中にいくつかの漁火だけが輝きを放っている光景を思い出します。そして、門部王の恋心は、きっとあんな風にはっきりと光を放つほどバレバレだったのだな、と微笑ましく思ってしまうのです。

熱い恋心を衣服で表現してみたよ。「ボクはキミが好き！」って、一目瞭然でしょ。ただし、この衣装、虫が寄ってくるのが難点！

知っておきたい万葉ライフ　その1

万葉の愛情表現

万葉時代の愛情表現は、服に関するものが多いです。

例えば、24ページの額田王《ぬかたのおおきみ》の和歌、「あかねさす　紫草野《むらさきの》行《ゆ》き　標野《しめの》行《ゆ》き　野守《のもり》は見《み》ずや　君《きみ》が袖《そで》振《ふ》る」に登場する「袖を振る」という行為は、直接的な愛情表現でしたね。

愛情表現を詠んだ和歌には、次のような歌があります。

人皆《ひとみな》は　今《いま》は長《なが》しと　たけと言《い》へど　君《きみ》が見《み》し髪《かみ》　乱《みだ》れたりとも（娘子《おとめ》〔園臣生羽《そののおみいくは》の娘〕・女／124）

人は皆　もうすっかり長いとか　束ねあげよとか言うが　あなたが見た髪が　乱れたとしても（櫛で整えたりしません）

＊この歌は、三方沙弥《みかたのさみ》（152ページ）が病気になり、妻である園臣生羽の娘に、「僕が見ない間に、あなたはもう髪を整えてしまっただろうか」と詠んだ歌の返歌。浮気の心配をする夫に、妻は「貞節を守っています」と言っているのです。

ボサ
ボサ

他に、自分の服を異性に贈ったり貸したりするのも、格別に深い愛情表現です。その中でも、夫婦や恋人同士で「下着を交換して着る」ということが、よく見受けられます。きっと、相手をより身近に感じていたかったのでしょうね。

また、一夜を共に過ごした男女が「貞節の証」として、お互いの下着の紐を結び合って次に再会するまでその紐を解かなかったり、乱れた髪を改めなかったりする習慣もあったようです。

我《あ》が衣《ころも》　形見《かたみ》に奉《まつ》る　しきたへの
枕《まくら》を放《さ》けず　まきてさ寝《ね》ませ（湯原王《ゆはらのおおきみ》・男性／636）

私の衣を　形見に差し上げます
枕元から離さず　身に着けておやすみなさいませ

＊湯原王が妻を羨む愛人に詠んだ歌。自分の衣をあげており、その衣を身に着けるように「ませ」と命令形を使用して提案しています。深い愛情を示してなだめていますね。

沖辺《おきへ》行《ゆ》き　辺《へ》に行《ゆ》き今《いま》や　妹《いも》がため
我《わ》が漁《すなど》れる　藻伏《もふ》し束鮒《つかふな》（高安王《たかやすのおおきみ》・男／625）

川の深いところに行ったり　岸辺に寄ったりして今　あなたのために
私が捕まえた　藻伏し束鮒〔＝藻と一緒に詰めて届けられた小鮒〕

＊高安王が彼女に鮒を贈ったときに詠んだ歌。万葉時代には、プレゼントを贈る際、どれだけ苦労し、努力したかをアピールしました。愛情のバロメーターにしていたのでしょう。プレゼントではないですが、大津皇子《おおつのみこ》も石川郎女《いしかわのいらつめ》に、濡れても待っていたアピールをしていましたね（32ページ）。

生《い》ける者《ひと》　遂《つひ》にも死《し》ぬる　ものにあれば
この世《よ》にある間《ま》は　楽《たの》しくをあらな
（大《おお》伴《ともの》旅人《たびと》・男／349）

現代語訳

生きている人は　最後は死ぬ　ものであるので
この世にいる間は　（酒を飲んで）楽しくありたいものだ

背景

大伴旅人が酒を褒め讃える歌を十三首詠んだうちの一首。

語句

【「生ける」の「る」】存続の助動詞「り」の連体形。

【ものにあれば】「に」は断定の助動詞「なり」の連用形。「あれ＋ば」は「已然形＋ば」＝順接確定条件。

【「楽しくを」の「を」】決意を表す間投助詞。

【あらな】ラ行変格活用動詞「あり」の未然形＋上代の願望の終助詞「な」。

今どきの使い方

「この世にある間は　楽しくをあらな！」

＊人生一度きり！　後悔しないように好きなことをたくさんしよう。

生きている間は、好きなだけ酒を飲むぞ！　休肝日？そんなものを設ける方が、体調を崩すわ。ワシの来世は、「酒壺に成りにてしかも（酒壺になってしまいたい）」。お酒にどっぷりつかろう！

お酒をこよなく愛した旅人の酒を褒め讃える歌

大伴旅人はお酒が大好きで、『万葉集』の中でお酒を褒め讃える歌を十三首も詠んでいます。この歌はそのうちの一首。下の句は「この世にいる間は楽しくありたい」としか書かれていませんが、「酒を讃《ほ》むる歌」として紹介されていますので、「生きている間はお酒を飲んで楽しく過ごしたい」という気持ちを表しています。これは、お酒や煙草の大好きな人が、病気などでそれらを断たなければいけなくなったときに、「それで死ぬなら本望だ。生きている間は好きにさせてくれ！」という感覚に近いのかもしれません。お酒や煙草はさておき、そのような考え方は、私も好きです。

近世以前は、お酒はお祝いの日など特別なときに、大きな盃に注ぎ、大勢で飲み回して飲み干すものでしたが、大伴旅人は独りで飲む酒の歌も「宝石も酒には及ばない」と詠んでいます。その他、「なかなかに　人《ひと》とあらずは　酒壺《さかつぼ》に　成《な》りにてしかも　酒《さけ》に染《し》みなむ（なまじっか　人間でいるより　酒壺に　なってしまいたい　お酒にどっぷりつかろう）」（343）や、「あな醜《みにく》　賢《さか》しらをすと　酒《さけ》飲《の》まぬ　人《ひと》をよく見《み》ば　猿《さる》にかも似《に》る（ああみっともない　偉ぶろうとして　酒を飲まない　人をよく見ると　猿に似ているなあ）」（344）などもよく知られています。

「酔ってない！」の巻

生きている間くらい好きなだけ酒を飲むぞ
がははっ
それで死んでも本望じゃー
そんなに飲んだらお体に障りますよ
酒
酒を飲まない奴を見ろまるで猿だあんな風にはなりたくないわっ
それにワシはまだそんなに飲んでないぞ
バナナジュース
キキッ
キー
あれは本物の猿です人に見えるなんてやはり飲みすぎです
えっ？

いかにあらむ　日《ひ》の時《とき》にかも　音知《こゑし》らむ
人《ひと》の膝《ひざ》の上《へ》　我《わ》が枕《まくら》かむ
（琴の妖精の娘〔大《おお》伴《ともの》旅《たび》人《と》・男〕／810）

現代語訳

いつどんな　時になれば　音（が良いこと）をわかるような
人の膝を　私の枕にするだろうか

背景

琴の娘→大伴旅人

大伴旅人の夢の中に、琴の娘が出てきて詠んだ歌（それを旅人が紹介）。

語句

【「知らむ」の「む」】婉曲（〜ような）の助動詞「む」の連体形。

【枕かむ】「枕か」は「枕く」の未然形（「枕く」は「枕にする」の意味）。「む」は推量の助動詞。

夢の中で琴の娘が詠んだ歌なんだ。擬人化は昔からあったんだね。

琴の妖精です。私を奏でるなら、私のよさを本当にわかる人にお願いしたいものよね。ぞんざいに扱われるなんて、まっぴらごめんよ。夢で旅人に訴えたら、叶えてくれたわ。男って、ちょろいもんね〜。

大伴旅人が琴の娘に答えた歌

言《こと》問《と》はぬ　木《き》にはありとも　愛《うるは》しき
君《きみ》が手馴《たな》れの　琴《こと》にしあるべし

（大伴旅人・男／811）

現代語訳

ものを言わない　木ではあっても　立派な
君子の愛用する　琴に違いない

藤原房前《ふじわらのふささき》から大伴旅人へのお礼の歌

言《こと》問《と》はぬ　木《き》にもありとも　我《わ》が背子《せこ》が
手馴《たな》れの御琴《みこと》　地《つち》に置《お》かめやも

（藤原房前・男／812）

現代語訳

ものを言わない　木ではあっても　あなたの
愛用するお琴を　地に置くだろうか、いや、置かない

琴の妖精を交えた、旅人と房前の風流なやりとり

大伴旅人が藤原房前に桐《きり》の和琴《わごん》を贈るときに、フィクションの手紙を添えました。それは、琴が妖精の娘となって自分の夢の中に出てきたというのです。いわゆる擬人化ですね。その琴の娘が、「私は、はるか遠い対馬《つしま》の高い山に根をおろし、〈中略〉琴の材料として伐《き》られそうで伐られない中途半端な状態でした。ただ百年後に、むなしく谷間に朽ち果ててしまうことだけを恐れていたのです。たまたま良い大工に遭い、伐られて小琴に作られました。音質は悪く音量も小さいことを顧みず、ずっと君子のそばにいられることを願っています」と語り、和歌を歌ったというものでした。

和歌中の「膝を枕にする」というのは、当時の和琴は通常小さく、膝に載せて両手で弾く楽器だったため、琴にとっては、膝＝枕なのです。つまり、琴の娘が「楽器の良し悪しをきちんとわかってくれる君子に使ってもらいたい」と訴えたというのです。

大伴旅人は夢の中で歌を返しました。それが、右ページの「言問はぬ　木にはありとも　愛しき君が手馴れの　琴にしあるべし」。「愛しき君（立派な君子）」は、藤原房前のことを指しています。旅人の返歌を聞いた琴の娘は、「謹んでありがたい言葉を承りました。たいへん幸いです」と言ったのだとか。「（旅人は）ふと目がさめて、夢の中の言葉に感動して、胸がいっぱいで黙っていられ

ません。よって公の使いに託して、これを差し上げました」と、その手紙は締めくくられています。

旅人は、この手紙をわざわざ赴任先の大宰府から藤原房前に届けました。このとき旅人は65歳、房前は49歳でした。房前のほうがだいぶ年下なのですが、旅人は風流なことを好む房前を気に入っていたのでしょう。洒落た作り話の手紙とともに、和琴を房前に届けたのです。房前は感激し、「筑紫から届いた歌に応えて、下手な歌を申し上げます」と言い、「言問はぬ　木にもありとも　我が背子が　手馴れの御琴　地に置かめやも」（62ページ）と歌を返しました。「背子」は通常、女性から男性に呼びかける言葉ですが、この歌では、男性同士ではあるものの、房前から旅人へ親しみを込めて使っています。「琴を地に置かない」というのは、「物を地べたに置かない」、つまり「粗略には扱いません」ということを表しています。

藤原房前は、藤原不比等《ふひと》の次男。藤原四兄弟（武智麻《むちま》呂《ろ》・房前・宇合《うまかい》・麻呂）の一人で北家《ほっけ》の祖です。

「私の価値」の巻

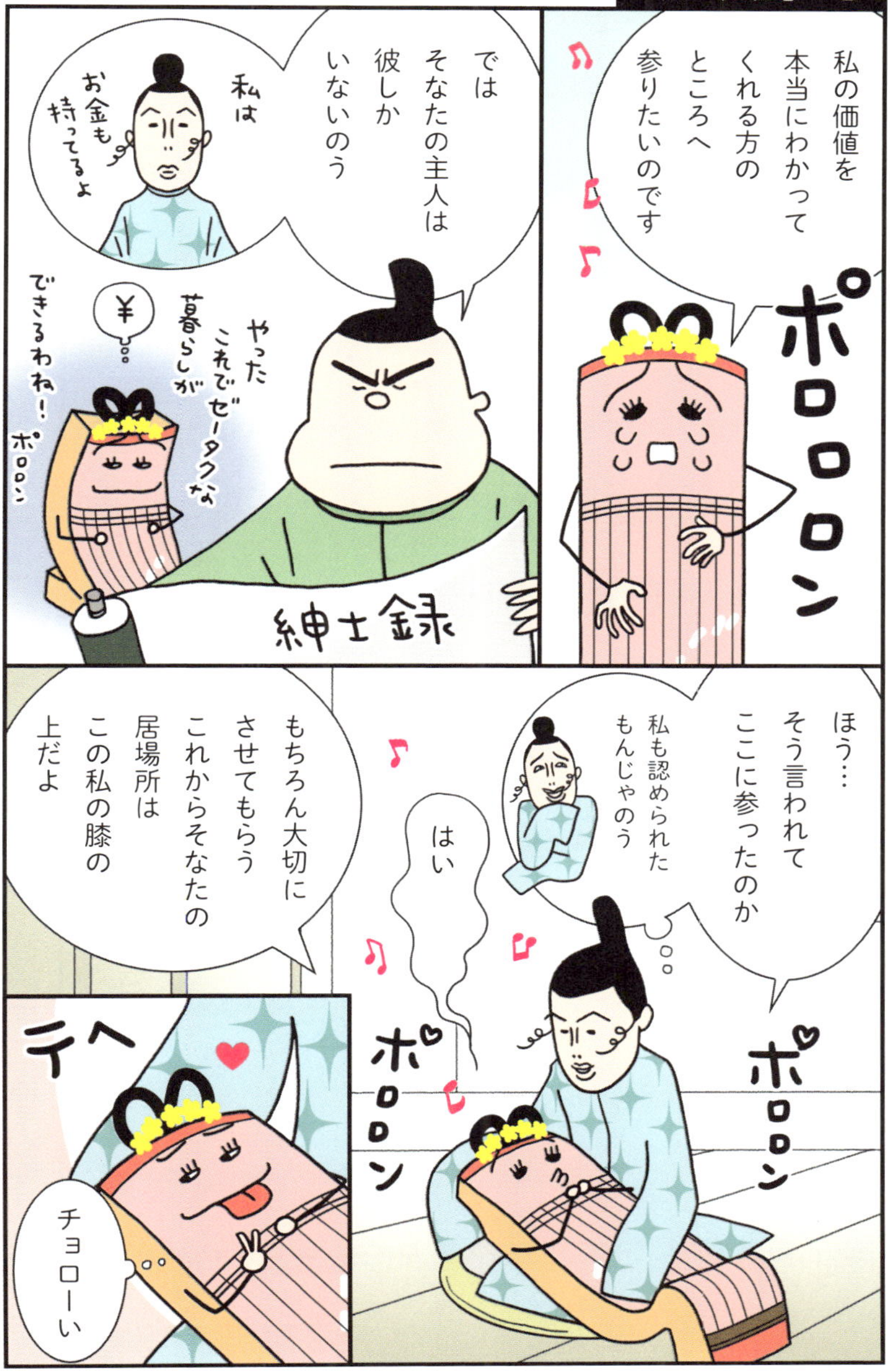
私の価値を本当にわかってくれる方のところへ参りたいのです
ポロロロロン
ではそなたの主人は彼しかいないのう
私はお金も持ってるよ
紳士録
やったこれでゼータクな暮らしができるわね!
¥
ポロロン
ほう…そう言われてここに参ったのか
私も認められたもんじゃのう
はい
ポロロン
ポロロン
もちろん大切にさせてもらうこれからそなたの居場所はこの私の膝の上だよ
テヘ
チョローい

忘《わす》れ草《ぐさ》　我《あ》が下紐《したびも》に　付《つ》けたれど
醜《しこ》の醜草《しこぐさ》　言《こと》にしありけり

（大伴家持《おおとものやかもち》・男／727）

現代語訳

忘れ草を　私の下着の紐に　付けたが
アホのあほ草　言葉だけだったなあ

背景

大伴家持→坂上大嬢《さかのうえのだいじょう》

大伴家持が、数年間離れていた彼女・坂上大嬢と、よりを戻すことになって詠んだ歌。

語句

【たれ】完了の助動詞「たり」の已然形。

【醜】醜いもの・不快なものに対して罵っていう語。

【言にしありけり】「言」は「言葉」の意味。「に」は断定の助動詞「なり」の連用形。「し」は強意の副助詞。「けり」は詠嘆の助動詞。

今どきの使い方

「醜《しこ》の醜《しこ》○　しゃ〜ないなぁ」

*○には、役に立たなかったものを入れて使いましょう。この「醜」は、関西人が日常で使う、愛情あふれる「ホンマあほやなぁ」のニュアンスでお願いします。

「キミのことが忘れられないよ」って、元カノのところへ戻ったら、「調子いいこと言わないで！」って、こっぴどく怒られた。でも、キミを振ったことなんか、忘れちゃったよ。覚えているのは、キミが好きということだけさ。あれ、これじゃダメ！？

「やっぱりキミを忘れられないよ〜！」と復縁を迫る!?

大伴家持が、つきあっていたけれど数年間疎遠になってしまっていた坂上大嬢と、再び関係を持つようになったときに詠んだ歌です。「忘れ草」とは、ユリ科の「やぶかんぞう」という花のこと。『文選《もんぜん》』という漢籍に、「萱草《かんぞう》ハ憂ヲ忘レシム（萱草は辛いことを忘れさせる）」とあることから、これを身につけると、つらいことや苦しいことを忘れられると信じられていました。この歌は「アナタを忘れるために忘れ草をつけたけど、効果がなく忘れられなかったよ」という意味です。離れていた数年間、純粋に本当に忘れられなかったわけではなく、やり直すことになったからこそ、そう詠んだに違いないとしか考えられない私のようなひねくれものの意見はさておき、当時、このように「忘れ草」や「忘れ貝」という「忘れアイテム」があり、「忘れるために忘れ草や忘れ貝を拾う・身につける」、「それらを使っても忘れられない」のような歌がよく詠まれています。

そんな忘れ草に対して「あほ草（醜草）だな」と言葉悪く罵り、その「醜」という言葉がそのまま和歌に詠み込まれているのが目を引きます。「和歌」＝「貴族たちが詠む高尚なもの」というイメージを持っている人が少なくないのですが、もっと身近でハードルも低いものだということを実感していただける歌の一つではないかと思います。

「忘れられなくて」の巻

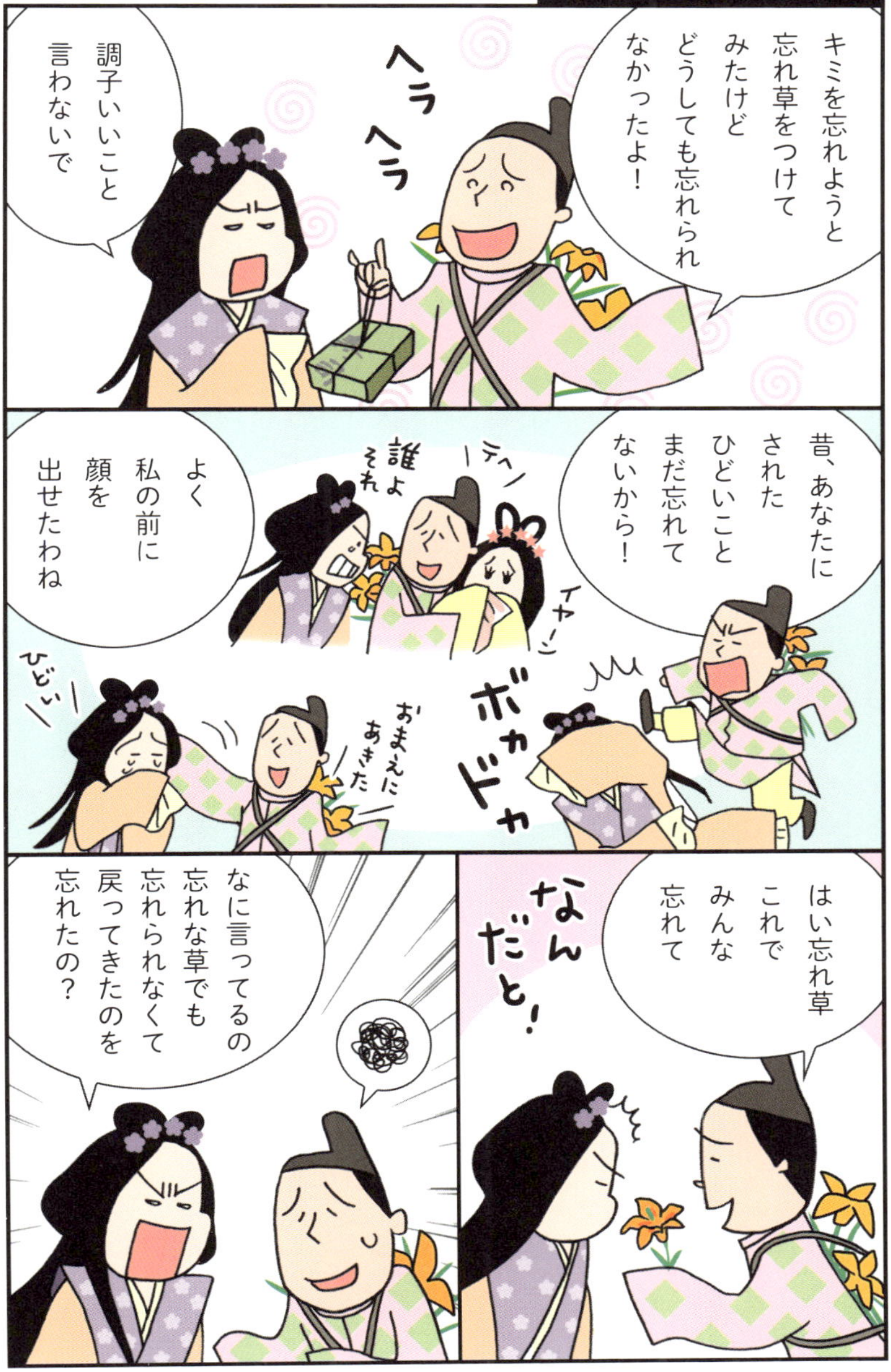
キミを忘れようと忘れ草をつけてみたけどどうしても忘れられなかったよ！
ヘラヘラ
調子いいこと言わないで
昔、あなたにされたひどいことまだ忘れてないから！
テヘ
誰よそれ
イヤ〜ン
よく私の前に顔を出せたわね
ボカドカ
おまえにあきた
ひどい〜
はい忘れ草これでみんな忘れて
なんだと！
なに言ってるの忘れな草でも忘れられなくて戻ってきたのを忘れたの？

石《いし》麻《ま》呂《ろ》に　我《われ》物《もの》申《まう》す　夏《なつ》痩《や》せに
良《よ》しといふものそ　鰻《むなぎ》捕《と》り喫《め》せ
（大伴家持《おおとものやかもち》・男／3853）

現代語訳

石麻呂さんに　私は申し上げる　夏痩せに
良いというものである　鰻《うなぎ》を捕って召し上がれ

背景

大伴家持↓石麻呂

大伴家持が石麻呂に詠んだ歌。

語句

【「ものそ」の「そ」】断定する意を表す助詞。

今どきの使い方

「美容に　良しといふものそ」

＊からかいではなく、心からオススメするときに用いましょう。

良質な睡眠とバランスの良い食事！
「健康にも　良しといふものそ」

胃下垂の石麻呂さん。夏バテで痩せ、職場の人間関係で痩せ、風邪をひいて痩せ……。何をしてもほっそりしてしまうのは、前世が鰻だったからとか。

夏痩せの石麻呂さん、鰻を召し上がれ！

吉田連老《よしだのむらじおゆ》という人がいて、通称「石麻呂」と呼ばれていました。この石麻呂さんは、生まれつきとても痩せていたそうです。「どれだけ食べても飲んでも、飢えた者のようであった」と書かれています。飢えた者という表現はさておき、石麻呂さん、きっと胃下垂だったのでしょうね。食べても太らない体質のようです。

大伴家持がその石麻呂さんに鰻を勧めている歌です。「夏痩せにも良いという栄養たっぷりの鰻を食べなよ」と一見すると親切な提案をしているようですが、実は、次に「痩《や》す痩《や》すも　生《い》けらばあらむを　はたやはた　鰻《むなぎ》を捕《と》ると　川《かは》に流《なが》るな（痩せていても　生きていられたらよいだろうにもしかして　鰻を捕ろうとして　川に流されるなよ）」（３８５４）と詠んでおり、この二首の和歌の題は「痩せている人をからかう歌」。体型をからかう人間は昔からいたのですね。

ちなみに「夏痩せには鰻がいい」というのも、昔からいわれていたようです。ただし、「土用《どよう》の丑《うし》の日」に鰻を食べるようになった由来は、「平《ひら》賀《が》源内《げんない》（江戸時代の蘭学者）」であるというのが一般的です（源内が知人の鰻屋さんの店頭に「本日、土用の丑の日」と張り紙をしたところ、大繁盛。そこから「土用の丑の日＝鰻」と認識されたとか）。

「差し入れ」の巻

暑中見舞いに来たぞ~…っておまえ相変わらず細いな~
あっ!ごぼうだったすまん間違えた
腕かと思ったぞ
ちゃんと食べないから細いままなんだゾ
…って今度はほうきだったわー
あははは
何しに来たんだ笑いに来たのか?
ムカムカ
差し入れを持ってきてやったんだよ
へ~うなぎか…
しっかしそれ食べると共食いだな
どっちもひょろひょろ
まだ言うか…

ほととぎす　夜《よ》鳴《な》きをしつつ　我《わ》が背子《せこ》を
安眠《やすい》な寝《ね》しめ　ゆめ心《こころ》あれ

（大伴家持《おおとものやかもち》・男／4179）

現代語訳

ほととぎすよ　夜鳴きをし続けて　私の大事な人を
安眠させるな　心して鳴き続けよ

背景

大伴家持↓大伴池主《おおとものいけぬし》

大伴家持が、公私ともに親交がある大伴池主に贈った、ほととぎすの歌。

語句

【つつ】継続の意味の接続助詞。

【ゆめ】通常は、禁止の表現と一緒に用いて「決して～するな」の意味になるが、ここでは「心あれ」の強調表現として用いられている。

今どきの使い方

「チャットをしつつ　我《わ》が背子《せこ》を　安眠《やすい》な寝《ね》しめ」

＊「チャットをし続けて大事な人を安眠させるな」なんてことはせず、お互い良質な睡眠を！

ボクたち二人は、仲良しでさ。寝る間も惜しんで、チャットをやりとり。一晩中続けたいから、ほととぎすさんに友を「安眠させるなよ」って頼んでいるんだ。だってほら、先に寝られたら、つまらないじゃない？

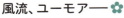

仲良しの友へ贈った、ユーモアたっぷりの歌

大伴池主は、家持が越中守《えっちゅうのかみ》となったときに越中掾《えっちゅうのじょう》（＊）であった人物で、家持と歌や手紙のやりとりを多数していました。そのやりとりは、池主が越前掾《えちぜんのじょう》になった後にも続きます。この和歌は、家持から池主への「ほととぎすが鳴くようになったけど、独りで聞くと寂しいね」という長歌に併せて贈った短歌です。和歌中の「我が背子（私の大事な人）」は、池主のこと。「背」は、女性から親しい男性を呼ぶ語ですが、64ページでも紹介したように、「背子」は男性同士が親しみを込めて呼ぶこともありました。二人はとても仲が良く、冗談を言い合える関係だったのでしょう。この和歌でも、ほととぎすに向かって、「池主くんを寝させないように、夜鳴きし続けろ」と冗談めかして言っています。

池主から家持への和歌には、「高円《たかまと》の　尾花《をばな》吹《ふ》き越《こ》す　秋風《あきかぜ》に　紐《ひも》解《と》き開《あ》けな　直《ただ》ならずとも（高円山《たかまどやま》の　尾花を吹き渡る　秋風に向かって　紐を解き開けようよ　直接逢って何をするわけではないけど）」（4295）などがあります。「紐を解く」は、ここでは暑さをしのいでくつろぐためですが、当時は「男女の深い仲」をイメージする言葉なので、あえてギャグにしているのです。

家持は、越中に着任してすぐに弟を亡くしたり、自身も重病で死にかけたりと不幸続きでしたが、冗談を言い合えるくらい仲の良い人がいたことで救われたのでしょう。

＊掾…律令制の地方官に与えられる三番目の官名。

「起こしてあげる！」の巻

ポロロロン
起きてる？
あっ家持くんだー
もー
なんだよーこんな時間に「もう寝るところ」…っと
ポチポチポチ
なんだよかまってちゃんだナ
明日早いでしょ
オレをおいて先に寝ないでよ
ボクのほうがしてあげるよ！
わかった！モーニングコールしてあげる
クスクスなに言ってるの
ー朝
コケコッコー
何が起こしてあげる、だ
あいつのせいでチコクだよー
どどど
どどど
朝までチャットしてた

古人《ふるひと》の 飲《たま》へしめたる 吉備《きび》の酒《さけ》
病《や》まばすべなし 貫簀《ぬきす》賜《たば》らむ

（丹生《にうの》女王《おおきみ》・女／554）

現代語訳

老人が 送ってくださった 吉備の酒も 悪酔いしたならばどうにもならない （吐くかもしれないので）貫簀もいただきたい

背景 丹生女王→大伴旅人《おおとものたびと》 丹生女王が大伴旅人からお酒をもらったときに詠んだ歌。

語句 【吉備】備前・備中・備後の総称。備後（現在の広島県東部）は酒の産地で有名。【病まば】「未然形＋ば」＝順接仮定条件。【すべなし】どうしようもない、どうにもならない。【賜らむ】「たばる」は謙譲語で「いただく」の意味（「たまはる」と同じ）。「む」は意志の助動詞。

おれの言葉は「吐いちゃうかも」!?

丹生女王が古人（64歳の大伴旅人のこと）から吉備の地酒をもらったお礼に贈った歌。「貫簀」は、手洗い時に水が飛び散らないように、たらいなどに掛ける竹を編んで作ったすのこ。つまり、「貫簀賜らむ」＝「慣れない地酒に酔って吐いちゃうかも」と、冗談混じりに詠んでいるのです。

詠み手の丹生女王については、詳しいことは伝えられていませんが、旅人を「老人」と言ったり、「吐いちゃうかも」と言ったり、旅人とは旧知の仲であり、ユーモア溢れる女性だったのでしょう。ちなみに「貫簀」は「竹の敷物」という説もあり、その場合、「酔っちゃったので少し横になります」という解釈に。

あら～、古人ったら、美酒を贈ってくれたのね。うれしいわ～！　でもね、悪酔いして吐いちゃったら恥ずかしいから、エチケット袋もいただけないかしら？

知っておきたい万葉ライフ　その2

万葉の俗信

俗信を詠んだ和歌には、次のような歌があります。

万葉時代の俗信は、現代人の感覚からすると、「調子のいい解釈」だと感じるものが多いはずです。

例えば、66ページの大伴《おおともの》家持《やかもち》の和歌「忘《わす》れ草《ぐさ》　我《あ》が下紐《したびも》に　付《つ》けたれど　醜《しこ》の醜草《しこぐさ》　言《こと》にしありけり」に登場する「忘れ草」。「忘れ」が入った名前の草や貝を身につけるだけで忘れられるなんて、そん

真野《まの》の浦《うら》の　淀《よど》の継《つ》ぎ橋《はし》　心《こころ》ゆも
思《おも》へや妹《いも》が　夢《いめ》にし見《み》ゆる（吹《ふ》芡《ふきの》刀《と》自《じ》・女／490）

真野の浦の　淀んでいる所の継ぎ橋のように
次々に心から　思ってくれるからか
あなたが　夢に見えるのは

＊吹芡刀自の歌と紹介されていますが、「妹（＝親しい女性を表す語）が」となっていることから、男性から贈られた歌と考えられています。「何度も夢に出てくるのは、心底オレのこと好きなのかな」と言ってきているのです。

マジかよ

な簡単にいくわけがないですよね。
さらに「そう解釈する?」と突っ込みたくなるのが、「誰かの夢を見るのは、その誰かが自分を好きでいてくれているから」という俗信。勝手に見た夢を持ち出して「私のこと好きなんだ」と思うなんて、相手はたまったものではないですね。しかも、夢だけではなく、結んだ紐や結った髪が自然とゆるんだならば、想い人が思ってくれていると勝手に考えていました。ロマンティックといえばロマンティックですが、さて……。

嘆《なげ》きつつ　ますらをのこの　恋《こ》ふれこそ
我《あ》が結《ゆ》ふ髪《かみ》の　漬《ひ》ちてぬれけれ（舎人娘子《とねりのおとめ》・女／118）

嘆き続けて　立派な男性であるあなたが　恋してくれるので
私の結った髪が　濡れてゆるんでほどけたのだなぁ

＊「あなたが思ってくれているから、私の結った髪がゆるんでほどけた」と詠んでいます。万葉時代には、そのように信じられていたということがわかりますね。

塩津山《しほつやま》　うち越《こ》え行《ゆ》けば　我《あ》が乗れる
馬《うま》そつまづく　家恋《いへこ》ふらしも（笠朝臣金村《かさのあそんかなむら》・男／365）

塩津山を　越えて行くと　私が乗っている
馬がつまずいた　留守宅の妻が思っているらしい

＊笠朝臣金村が塩津山で詠んだ歌。「旅行中に馬がつまずく」のは、「留守宅の家の者が思っているから」と信じられていました。「家」は「家族」の意味で、特に「旅行中の夫が留守宅の妻」を指して言います。

月《つき》立《た》ちて　ただ三日月《みかづき》の　眉根《まよね》掻《か》き
日《け》長《なが》く恋《こ》ひし　君《きみ》に逢《あ》へるかも
（大伴坂上郎女《おおとものさかのうえのいらつめ》・女／993）

現代語訳

月が出て　細くてくっきりした三日月のような　眉を掻いて
長く待ち焦がれていた　あなたに逢えたよ

背景

「初月《みかづき》」を題に、大伴坂上郎女が詠んだ歌。

語句

【月立ちてただ三日月の】細くてくっきりした眉を形容した表現。＊漢詩でも、「娥眉《がび》」や「眉月《びげつ》」という表現がある。

【眉根】眉のこと。

【「恋ひし」の「し」】過去の助動詞「き」の連体形。

【逢へるかも】「る」は完了の助動詞「り」の連体形。「かも」は詠嘆の終助詞。

今どきの使い方

「眉かゆい（眉根掻き）、くしゃみ出た、紐ゆるんだ！　よっしゃーーー!!!」

＊3つのうちの、どれか1つでもハッピーなことが起こる前兆と考えると、幸せ気分が味わえる!?　「くしゃみ」「紐ゆるむ」は、85ページ参照。

恋愛至上主義の三姉妹。日がな、「眉がかゆい」「くしゃみが出た」「下着の紐がほどけた」とハッピーな兆候を集めては、大騒ぎ。ただし、そのお相手が誰かは不明。陰では、「妄想シスターズ」ともいわれているのだとか。

問答

＊唱和（＝一方が作った歌に、もう一人が答える）形式で、二人で詠み交わした歌

眉根《まよね》掻《か》き　鼻《はな》ひ紐《ひも》解《と》け　待《ま》てりやも
いつかも見《み》むと　恋《こ》ひ来《こ》し我《あれ》を
（柿本人麻呂《かきのもとのひとまろ》の歌集／２８０８）

現代語訳

眉を掻いて　くしゃみをして紐も解けて　待ってくれていたのか
早く逢いたいと　恋しく思い続けてきた私を

今日《けふ》なれば　鼻《はな》の鼻《はな》ひし　眉《まよ》かゆみ
思《おも》ひしことは　君《きみ》にしありけり
（作者不明・女／２８０９）

現代語訳

（あなたが来るのが）今日であるから　くしゃみが出て　眉がかゆいので
思ったことは　あなた（に逢える前兆）であるのだなあ

眉を掻いたら、あの人と逢えるはず！　乙女心サク裂の一首

『万葉集』の時代、「眉がかゆい」のは「恋人と逢える前兆」だと信じられていました。そこから、「かゆくなくても、とりあえず自分で眉をかくと、恋人が逢いに来てくれる」という発想が生まれたようです。大伴坂上郎女が詠んだこの歌は、きっとこちらの発想ですね。「来い、来い、来い」と思いながら自分で自分の眉をかいたところ、無事にその願いが叶い、恋人が来てくれた、恋人に逢えた、ということです。

ただし、この歌は、決められた題（この場合は「初月《みかづき》」という題）によって詠む「題詩《だいし》」ですから、事実ではなく、そういう設定として詠まれました。このおまじないが本当に効くならば、当時、眉をかきまくる女性がたくさんいたことでしょうね。

同じように、近いうちに恋人に逢える前兆・恋人が自分に逢いたがっている証だと考えられることとして、「くしゃみが出る」「（下着の）下紐が自然に解ける」などがありました。右ページの柿本人麻呂の歌集の「眉根掻き　鼻ひ紐解け　待てりやも　いつかも見むと　恋ひ来し我を」では「鼻ひ紐解け（くしゃみをして紐も解けて）」、もう一方の「今日なれば　鼻の鼻ひし　眉かゆみ　思ひしことは　君にしありけり」では「鼻の鼻ひし（くしゃみが出て）」と歌われています。

『万葉集』の時代の後、平安時代になると、くしゃみをすると口から魂が出ていき早死にすると考えられ、くしゃみが出たときは「くさめ」と呪文を唱えていました。現代でも「くしゃみが出る」＝「誰かが自分のことを何か噂している」と考えたり、「くしゃみ」＝「良くない予兆」と考えたりして、くしゃみをした後に、呪文のようなことを言う人がいらっしゃいますよね。おそらく、平安時代の呪文の名残なのでしょう。

このように、くしゃみは、平安時代から現代ではマイナスイメージですが、『万葉集』の時代ではハッピーなことが起こる兆候でした。だからなのでしょうか。当時、「あの人に早く会いたい」という気持ちからわざとくしゃみをしたり、「あの人は私を思ってくれているはず」とばかりに自分で下着の紐をゆるめたりする人もいたようです。

これからは、万葉人に習い、くしゃみをハッピーな兆候としてとらえましょう！

「恋人と逢える!?」の巻

あー、かゆい！
ポリ
眉がかゆくてたまらない！
ポリ
ポリ
ぶぇっくしょいっ
これは恋人が逢いに来てくれる前兆かしら
このくしゃみはあの方が、私に会いたがっている証拠ね！
あらぁー
下着の紐が！
ほどけちゃったぁー
ズル
あの人ったら私に会いたいのねー
何言ってるのそんなのウソでしょっ
あら姉さんこそ！
私は本当のことを話してます！
キーッ
ほほお そんなお方がいらっしゃるとは！わたくしめにぜひ、ご紹介いただきたいものですな
ギクゥッ

鷲《わし》の住《す》む　筑波《つくは》の山《やま》の　裳羽服津《もはきつ》の　その津《つ》の上《うへ》に
率《あども》ひて　娘子《をとめ》壮士《をとこ》の　行《ゆ》き集《つど》ひ　かがふ嬥歌《かがひ》に
人妻《ひとづま》に　我《わ》も交《まじ》はらむ　我《わ》が妻《つま》に　人《ひと》も言《こと》問《と》へ
この山《やま》を　うしはく神《かみ》の　昔《むかし》より　禁《いさ》めぬ行事《わざ》ぞ
今日《けふ》のみは　めぐしもな見《み》そ　事《こと》も咎《とが》むな
（高《たか》橋《はしの》連《むらじ》虫《むし》麻《ま》呂《ろ》・男／1759）

現代語訳

鷲が住む　筑波の山の　裳羽服津の　その津の辺りで
誘い合って　若い男女が　行き集まり　乱婚する嬥歌で
人妻と　私も交わろう　私の妻に　他人も求婚せよ
この山を　治める神が　昔から　咎めない行事だ
今日だけは　いとおしく思ってくれるな　何か起きても咎めるな

背景

筑波山で嬥歌《かがい》（＝歌垣《うたがき》）（90ページ参照）が行われた日に作った歌。

語句

【裳羽服津】詳しい所在は不明。
【率ひ】「率ふ」は「引率する」の意味。ここでは「誘い合う」ということ。
【うしはく】神が、ある場所を占有すること。
【めぐし】いとおしい。
【「な見そ」の「な～そ」】「～してくれるな」という禁止の意味。

ボクたちうさぎは、年に数回はじけるのが習わしなんだ。「歌垣」っていうんだけどね、この日ばかりは、飲めや歌えの大騒ぎ。「歌垣」は、恋愛に寛大な神様からの贈り物なのさ。

日本人は性に奔放だったことが垣間見える一首

「歌垣《うたがき》」とは、昔、日本各地で行われていた民間行事で、ある決まった日に多数の男女が決められた場所に集まり、飲食したり歌を詠み交わしたりする、いわば祭りのようなもの。さらに、気が合った場合、性的交わりをその場で行うこともあったため、いわゆる「野外で乱交パーティー」といったところでしょうか。

和歌の出だしの「鷲の住む」というのは、筑波山には人を簡単に近づけないような不思議な威力があるという表現です。また、最後の「めぐしもな見そ（いとおしく思ってくれるな）」は女性から男性への、「事も咎むな（何か起きても咎めるな）」は男性から女性へのセリフです。現代では不倫はご法度ですが、昔の日本人は性に関しては実はかなり奔放だったので、独身者だけではなく、夫婦で歌垣に参加して（96ページ）、公認で楽しんでいたようです（初対面の人と野外でそのままとは、現代では危険な匂いしかしませんが）。

歌垣が行われていた有名な場所は、この歌に登場する筑波山のほか、海石榴市《つばいち》（現在の奈良県桜井市に所在した交易市）などがあります。筑波山では、歌垣が春と秋の二回行われていたと、『常陸国風土記』に書かれています。ちなみに東国では、この歌垣のことを「嬥歌《かがい》」と呼んでいました。

「らんちきさわぎ」の巻

今夜は歌垣じゃ
祭り、祭り
ゾロゾロ ゾロゾロ
なにやらうさぎが集まってますが…
いいのいいの
ワイワイワイ
ひゃっほー
飲めや歌えや
オレの女だ
いやオレのだ
らんちき
騒げーっ
らんちき
さわぎ
酒
すごいことになってます…
よいのじゃ
チュンチュン
コケコッコー
はっ、半年分遊んだな
また地道に働くか
だな
ボロ
ボロ
ゴロ ゴロ

憶良《おくら》らは　今《いま》は罷《まか》らむ　子《こ》泣《な》くらむ
それその母《はは》も　我《あ》を待《ま》つらむそ
（山上《やまのうえの》憶良《おくら》・男／337）

現代語訳

憶良めは　もうおいとましよう　子どもが泣いているだろう
ああ、その母親〔＝自分の妻〕も　私を待っているだろうよ

背景

山上憶良が宴会から退出するときに詠んだ歌。

語句

【罷らむ】「罷る」は「退出する」の意味。「む」は意志の助動詞。

【「泣くらむ」の「らむ」】現在推量の助動詞。

【文末の「そ」】断定する意を表す助詞。

今どきの使い方

「〇〇らは　今は罷らむ」

＊帰りたいのに帰れない……。そんなときに、勇気を出して〇〇に自分の名前を入れて言いましょう。

そう言われたら、ムリに引き止めないようにしましょう！

宮仕え歴〇十年の侍従。「わたくしめが」「わたくしめが」と献身的に働く。が、サービス残業はしない主義で、酒の席は早々に退出。「働き方改革」を先取りしているのだとか。

宴会の退席は歌で伝えるのが万葉流!?

山上憶良が貴人の宴会（大宰帥《だざいのそち》の大伴旅人《おおとものたびと》が主催か？）に招待され、そろそろ帰ろうと思ったときに詠んだ歌です。この歌を歌ったとき、憶良は実はかなりの高齢だったため、幼子がいるというこの設定は、虚構ではないかという説もあります。出だしの「憶良ら」の「ら」は、「憶良たち」といった「複数」の意味ではなく、現在の「わたくしめ」の「め」と同じ謙遜の表現。つまり、「わたくしめは、もうおいとまします」と謙遜の気持ちを表しています。ビジネスの場などでも、「わたくしめが承ります」などと謙遜して言うことがありますね。

ところで、古文の文章中の会話では、男性が自分を下の名前で言うことは珍しいことではありませんが、和歌中で「憶良」と自分の名前を詠み込んでいるのは、珍しいことです。現代の感覚では、自分を自分の名前で言うのは幼子のイメージがあるため、出だしを詠んだとき、「憶良たちね〜、もう帰るね」のように感じてしまうかもしれません。が、そういうわけではないのです。

憶良の和歌の中には、子どもを題材に詠んだ歌がいくつかあります。とりわけ、「銀《しろかね》も　金《くがね》も玉《たま》も　なにせむに　優《まさ》れる宝《たから》　子《こ》に及《し》かめやも（銀も　金も宝石も　何になろうか　優れた宝が　子にまさろうか、いや、まさらない）」（８０３）などが有名です。

「わたくしめが」の巻

これは?
わたくしめが処理させていただきました
じゃこれは?
それもわたくしめが
あいつ…
こっちの出世にひびくわ
フン
今夜一席いかがですか?
おおそれはいいな
ポン
気がきくのぅ
あの人酒乱で有名だけど大丈夫?
オレらは点数だけ稼いであとはヤツに任せればいいじゃん
ヒソ
ヒソ
ヒソ
わたくしめは帰らせていただきます
きっぱり
いや酒の席も仕事で
わたくしめは妻子が待っておりますゆえ
おぬしも来い!
遠慮するな
さ
参るぞ
がはは
はっ

住吉《すみのえ》の　小集楽《をづめ》に出《い》でて　現《うつつ》にも
己妻《おのづま》すらを　鏡《かがみ》と見《み》つも

（作者不明・男／3808）

現代語訳

住吉《すみよし》の　橋のたもとに出かけて　現実でも
自分の妻であるのに　鏡のようにこのうえもないものに見えたよ

背景 歌垣《うたがき》に参加した男が、自分の妻を再評価した歌。

語句 【小集楽】「を」は接頭語。「つめ」は橋のたもと。【現】現実。【すらを】逆接を表す。【見つも】「つ」は完了の助動詞。「も」は詠嘆の終助詞。

妻にホレ直して歌っちゃいました

歌垣（90ページ）は住吉（難波《なにわ》の江津）の橋のたもとで行われることも多かったようです。つまり、「橋のたもとに出かける」＝「歌垣に参加する」ということを表しています。

ある日、村の男女が集まって歌垣をしました。詠み手の男性は、その歌垣に妻とともに参加したのですが、その結果、妻が誰よりも美しいことを再認識。妻を愛する気持ちが一層募り、この歌を作り、妻の美貌を讃えたのです。妻の美しさを「鏡」に喩えているのは、当時、「鏡」は庶民には手の届かない貴重なものだったから。

それにしても、顔見知りばかりの歌垣って、翌日、気まずくないのでしょうか……。

うちの妻は、鏡のようにこのうえなく美しい！　他の女性と比べると、その差は歴然！　歌垣がきっかけで、ホレ直しちゃいましたよ。

をちこちの　磯《いそ》の中《なか》なる　白玉《しらたま》を
人《ひと》に知《し》らえず　見《み》むよしもがも

（作者不明・男／1300）

現代語訳

あっちこっちの　**磯**の**中**にある　**真珠**を
人に**気**づかれないように　**見**るような**方法**があればなあ

背景　「のぞき」が趣味の男が詠んだ歌。

語句　【なる】存在の助動詞「なり」の連体形。【白玉】真珠。親が大事にしている娘の喩え。【「知らえ」の「え」】上代の受身の助動詞「ゆ」の未然形。【見むよしもがも】「む」は婉曲の助動詞「む」の連体形。「よし」は「方法」の意味。「もがも」は願望の終助詞。

婚活男子の願望が溢れる歌

実はこれ、「のぞき」が趣味の男が詠んだ歌です。昔、貴族の女性は、基本はずっと部屋の中にいました。よって、男性は垣根の隙間からのぞいてアプローチしたい女性を探しました。その「のぞき」（「垣間見《かいまみ》」といいます）が、恋愛の「出会い」でもあったのです。そして、この詠み手の男性は、「いろんな家の女性たちを、誰にも気づかれずにいっぱい覗きたい！」と、自分の願望を高らかに歌い上げているわけです。

ちなみに、「白玉（真珠）」は、「親が大事にしている娘」の喩え。詠み手は、真珠をとることを生業《なりわい》にしている海人《あま》ではないので、勘違いなきようお願いいたします。

婚活真っ最中の一貴族。「ボクの白玉」を探して、今日も垣間見に励む。「二兎を追う者は一兎をも得ず」ということわざは、つゆ知らず、いろいろな女性を覗きたいと、今日も垣間見に勤しむ。

磯城島《しきしま》の　大和《やまと》の国《くに》は　言霊《ことだま》の
助《たす》くる国《くに》ぞ　ま幸《さき》くありこそ

（柿本人麻呂《かきのもとのひとまろ》の歌集／3254）

現代語訳

大和の国は　言霊が
助ける国だ　無事でいてくれ

背景

「柿本朝臣人麻呂《かきのもとのあそんひとまろ》の歌集の歌にあるには」と、『万葉集』で紹介されている歌。

語句

【磯城島の】「大和」の枕詞。枕詞は訳す必要なし。【言霊】言葉に宿っていると信じられている霊力。【ぞ】強意の係助詞。【こそ】希望の終助詞。

言霊の力で相手の無事を願って

この歌は、言霊の力を借りて、誰かに、元気であればまた会えるだろうから「無事でいてください」と願い、贈った歌です。「誰か」とは、おそらく遣外使節や地方へ赴任する友人などでしょう。「助くる国ぞ（言霊が助ける国だ）」と「ぞ」で力強く言い切り、「ま幸くありこそ（無事でいてくれ）」と「こそ」で希望を託しています。力強さが感じられますね。

現在でも、悪いものを呼び寄せないように、よい言葉を使うことを心がけている人も多いですね。実は、私もその一人。愚痴を言うより現状に感謝して、よりよくなるように願い行動する。そのほうが精神衛生上、よいように感じています。

言霊の精。願いは言葉にすればきっと叶うと、全国を説いて回っている。今日も彼のセミナーには、意識高い系の人が押し寄せる。

知っておきたい万葉ライフ その3

万葉の前兆、願掛け

万葉時代の前兆としては、例えば82ページの大伴坂上郎女《おおとものさかのうえのいらつめ》の「月《つき》立《た》ちて　ただ三日月《みかづき》の　眉根掻《まよねか》き　日長《けなが》く恋《こ》ひし　君《きみ》に逢《あ》へるかも」に登場する「眉根掻き」で見たように、「眉がかゆい」「くしゃみが出る」「下着の紐が自然に解ける」などが「恋人と近いうちに逢える前兆」だと考えられていました。よって、逢えるように願い、わざと自分で眉を掻いたり、くしゃみ

前兆、願掛けを詠んだ和歌には、次のような歌があります。

ありねよし　対馬《つしま》の渡《わた》り　海中《わたなか》に
幣《ぬさ》取《と》り向《む》けて　はや帰《かへ》り来《こ》ね（春日蔵首老《かすがのくらのおびとおゆ》・男／62）

対馬への渡航地点の　海原の神に
幣を捧げて　早く帰ってきてほしい

＊三野連《みののむらじ》が中国に行くときに、春日蔵首老が詠んだ歌。「ありねよし」は「対馬」の枕詞。海の神に幣を捧げて、一日でも早く無事に帰れるよう祈りなさい、という歌です。

をしたり、下着の紐を解いたりしましたね。

願掛けには、願いが叶うように「領巾《ひれ》（＝女性が肩に掛けた細長い布）を振る」、神に祈るときや旅の安全を願って「幣《ぬさ》（＝祈願するときに神にささげるもの）をささげる」、無事や幸福を祈って「松の枝を結ぶ」、悪霊などが聖域に侵入しないために「標結《しめゆ》う（＝縄を張り巡らすこと）」などがありました。

たまきはる　命《いのち》は知《し》らず　松《まつ》が枝《え》を
結《むす》ぶ心《こころ》は　長《なが》くとぞ思《おも》ふ（大伴家持《おおとものやかもち》・男／１０４３）

寿命は知らないが　松の枝を
結んだ心は　（命が）長くあってくれと願う

*「たまきはる」は「命」の枕詞。松の枝を結んで、「長く生きたい」と願掛けをしています。無事に、幸せに生きていけるように祈りながら、松の枝を結んだのでしょう。

かからむと　かねて知《し》りせば　大御船《おほみふね》
泊《は》てし泊《と》まりに　標結《しめゆ》はましを（額田王《ぬかたのおおきみ》・女／１５１）

こうだろうと　前もって知っていれば　大君の船が
泊《と》まった湊《みなと》に　標縄《しめなわ》を張っておいたのに

*天智天皇が亡くなり、本葬に先立ち仮にご遺体を安置しておく「大殯《おおあらき》」のときに、額田王が詠んだ歌。大切な天皇のご遺体が、悪霊などに侵入されないように、縄を張り巡らしておくべきだったと詠んでいます。

岩代《いはしろ》の　浜松《はままつ》が枝《え》を　引《ひ》き結《むす》び
ま幸《さき》くあらば　またかへり見《み》む
（有間皇子《ありまのみこ》・男／141）

現代語訳

岩代の　浜辺の松の枝を　引き結んで
無事ならば　また帰ってきて見るだろう

背景

有間皇子が謀反の罪で捕らえられ、処刑のために護送される途中で詠んだ歌。

語句

【岩代】和歌山県日高郡南部《みなべ》町西岩代および東岩代のあたり。有間皇子結松記念碑がある。

【ま幸く】無事に。

【あらば】未然形＋ば＝順接仮定条件。

【「見む」の「む」】推量の助動詞。

次のページでは、この和歌を受けて詠まれた二首を紹介します。

酸いも甘いもかみ分け、根を張り続ける松の木。自分の枝を結び合わせ、願掛けをする人を長きにわたって見てきた。そんな話を後世に伝えようと、木陰に立ち寄る人々に語り続ける。

長忌寸奥麻呂《ながのいみきおきまろ》が、結び松を見て悲しんで泣いて作った歌

岩代《いはしろ》の　崖《きし》の松《まつ》が枝《え》　結《むす》びけむ
人《ひと》はかへりて　また見《み》けむかも

（長忌寸奥麻呂・男／１４３）

現代語訳

岩代の　崖《がけ》の松の枝を　結んだとかいう
人［＝有間皇子］は帰って　また見たのだろうか

山上憶良《やまのうえのおくら》が後から付け加えて作った歌

翼《つばさ》なす　あり通《がよ》ひつつ　見《み》らめども
人《ひと》こそ知《し》らね　松《まつ》は知《し》るらむ

（山上憶良・男／１４５）

現代語訳

（有間皇子の魂は）鳥のように　飛び回りながら　見ているだろうが
人はわからない　松は知っているだろう

処刑を覚悟した皇子が、わずかな希望を託して詠んだ歌

この歌は、「有間皇子自ら傷《いた》みて（＝悲しんで）松が枝を結ぶ歌二首」のうちの一首として紹介されています。紀伊の牟婁《むろ》の湯（白浜温泉湯崎）へ護送される途中で詠んだという設定です。

昔の人は枝や草の茎葉、紐などを結ぶことによって、願いが実現すると期待していました。蘇我赤兄《そがのあかえ》（108ページ）に捕らえられた有間皇子は、おそらく処刑されてしまうことを予測し、覚悟を決めていたのでしょう。しかし、万が一許されて、この場所を通って帰ってくることができたならば、自分が結んだこの枝をまた見ることができるだろうと思い、そして、それを願いながら松の枝を結びました。

のちに、有間皇子の歌を受けて作られたのが右ページで紹介した二首です。

長忌寸奥麻呂の歌「岩代の　崖の松が枝　結びけむ　人はかへりて　また見けむかも」は、有間皇子の謀叛事件から43年後に詠まれた歌で、結び松を見て悲しみ咽《むせ》んで作られました。枝を結んだその人は、帰りに見ることができたのだろうかと歌っています。実際は、有間皇子は護送後、許されて帰れるかと思わせておき、帰り道に藤白坂《ふじしろざか》で絞首刑となり、わずか19歳で生涯を終えました。

山上憶良も有間皇子の歌に共鳴し、また若くして亡くなったことに同情し、「翼なす　あり通ひ

つつ　見らめども　人こそ知らね　松は知るらむ」と詠みました。有間皇子が鳥になって空を自由に飛んでいることを想像したのでしょう。

ところで、「有間皇子自ら傷みて松が枝を結ぶ歌二首」のもう一首は、次の歌です。

家《いへ》にあれば　笥《け》に盛《も》る飯《いひ》を　草枕《くさまくら》　旅《たび》にしあれば　椎《しひ》の葉《は》に盛《も》る（142）

「家にいれば　器に盛る飯を　旅であるので　椎の葉に盛る」という意味で、護送される道中の食事が器ではなく、椎の葉を使ったことがわかります。椎の葉は小さいのですが、平らに集まって生えているため、ごはんをその上にひっくり返して食器の代わりにしたのでしょう。ここでの旅は「自傷歌」としてとらえるならば、もちろん楽しい旅行ではありません。

有間皇子はなぜ処刑された？

645年、皇極天皇《こうぎょくてんのう》が弟の孝徳天皇《こうとくてんのう》に譲位し、皇極の子・中大兄皇子《なかのおおえのおうじ》（＝後の天智天皇《てんじてんのう》）が皇太子となりますが、孝徳と不仲に。そして、中大兄は、都は難波にあるものの、母親の先帝皇極や臣下を引き連れて前都の飛鳥に戻ってしまいました。気落ちした孝徳は、翌年に病気で崩御。先帝の皇極が飛鳥で斉明天皇《さいめいてんのう》として再び即位（＝重祚《ちょうそ》）しました。権力を持った中大兄は、皇位継承のために邪魔な人物を抹殺していきました。孝徳の子である有間皇子も命を狙われます（その際、巻き込まれないように、わざと狂人のふりをしたという説もあります）。有間皇子は、蘇我赤兄に謀反をそそのかされましたが、結局その赤兄に捕らえられ、中大兄皇子の尋問を受けて処刑されたのです。

「願掛け」の巻

もう一度
帰ってきて
この枝を見ると
願掛けした
若者がいた
その若者は？
人の世のことは
わしには
わからんよ
だが、あれから
人間の寿命より
長い時間が
経ってしまった
せめて
魂になって
空を飛んで
見にきて
くれてたら…。
そう思っておる
パンパン

近江《あふみ》の海《うみ》　波《なみ》恐《かしこ》みと　風《かぜ》守《まも》り
年《とし》はや経《へ》なむ　漕《こ》ぐとはなしに
（作者不明・男／1390）

現代語訳

近江の海の　波が恐いからといって　風向きが（船出に）都合
よくなるのを待って（いる間に）
年が過ぎてしまうのではないか　漕ぎだすこともなく

背景

船が天候待ちをしているのを見て、自分の行動を反省して詠んだ歌。

語句

【年はや経なむ】「は」は提示の係助詞。「や」は疑問の係助詞。「な」は強意の助動詞「ぬ」の未然形。「む」は推量の助動詞。

【とはなしに】「ということもなく」の意味。

今どきの使い方

「タイミングばかり気にする間に、年《とし》はや経《へ》なむ」

*タイミングばかり気にせず行動しよう！

人生を成功させたければ、タイミングをはかることだ。腰が重くてもいけないが、早合点もいけない。状況を俯瞰で見つつ、それでもって……。そうだ！　今晩、彼女を訪ねよう。でも方角が悪いのか。であれば……。

「まずは動け！」は、万葉の時代から唱えられていた!?

天候がベストな状態になるのを待ち続けている船を見た男性が、それを自分の行動に置き換え、反省の気持ちを詠んだ歌です。タイミングばかりを気にして、結局は何もしない間に月日が経っているだけではないか、と（もちろん、船出には天候は重要です）。

現代でも、「行動しろ」「まず動け」などと、行動することの大切さは多く唱えられていますね。例えば、自己啓発本などを読むことは、前向きになろうという意志の現れで素敵なことです。しかし、机に座って読んでいるだけで本人が動かなければ、現実は何も変わりません。『万葉集』にも、こんな風に時機を待つばかりで行動しない自分を反省する歌があるのです。

ちなみに、「島伝《しまづた》ふ　足速《あばや》の小舟《をぶね》　風守《かざまも》り　年《とし》はや経《へ》なむ　逢《あ》ふとはなしに（島を伝っていく快速の小舟だが　風向きが都合よくなるのを待って　年が過ぎてしまうのではないか　つきあえずに）」（作者不明／１４００）という、とてもよく似た歌もあり、こちらは、たいていのことは人に負けずに積極的に行動できるのに、恋愛だけはどうしても奥手になってしまうことを詠んだ男性の歌です。個人的には、やり手なのに恋愛だけが奥手というこの男性に好感を持ってしまいますが、行動しなければ、他の誰かに取られてしまうかも。「当たって砕けろ！」の精神で頑張りましょう！

「タイミング」の巻

われも
そろそろ身を
固めようか…
あれはキレイになるぞ
しかし
こういうのは
タイミングが
大事だよな
うむっ
もう少し
大人になるまで
待つか
1
うーん
うーん
2
3
今日は
風が強くて
ああっ
今月は
雨が
多くて…
今年は
仕事が
4
うーん
7
運勢…
方角…
ラッキー
カラー
9
10
15
よし!
今こそ!
スック!
結婚して
ください
ーあれから
○×年…
は?
結婚して
ますが…
孫もいますよ
バア!

防人《さきもり》に　行《ゆ》くは誰《た》が背《せ》と　問《と》ふ人《ひと》を
見《み》るがともしさ　物《もの》思《もひ》もせず

（作者不明・女／4425）

現代語訳

「防人に　行くのは誰のご主人？」と　聞いている人を
見るとうらやましい　物思いもしないで（聞ける立場なのが）

背景

夫が防人に行くことになった女性が詠んだ歌。

語句

【誰が背】「が」は連体修飾格（〜の）の格助詞。「背」は女性から親しい男性を呼ぶ語。

【ともしさ】うらやましい気持ち。

防人の歌は、『万葉集』巻二十に多く収められています。
本書では右ページの歌のほか、118ページにも、防人に関する歌を掲載しているよ。

「防人に行くのは誰のご主人？」なんて、聞かないで！　わたくし、やるせない気持ちでいっぱいです。えっ、ご主人はいつ、出発するのかって？　うちのは指名されていませんの。ただ、想像するだけで泣けちゃって。

夫が防人に…。やるせない気持ちを歌に込めて

『万葉集』巻第二十には、防人（＊）や、その家族が詠んだ歌が八十四首、収録されています。この歌は、夫が防人に指名された妻が詠んだもので、周りの女性たちが、「防人に行くは誰が背（防人に行くのは誰のご主人？）」と話している言葉を聞き、当事者ではないことへのうらやましさや、ねたましさを感じている心情を表しています。周囲の人は、本当に気の毒に思って「（防人に行くのは）誰のご主人？」と尋ねたとしても、当事者となれば、聞きたくないものなのでしょう。直接「悲しい、つらい」と言うよりも、より一層締め付けられるような苦しさが伝わってくる歌です。

ちなみに、防人になるのは地元の人間ではなく、東国の無作為に選ばれた農民男性でした。東国の人間が選ばれた理由は、歴史的に蝦夷《えぞ》との戦などで武力的センスがある人間が多かったこと、また、朝廷に属したのが遅かったことから、きちんと支配下に置くために疲弊させる必要があったことなど諸説ありますが、正確なことはよくわかっていません。防人に選ばれた農民は、国司に引率されて難波津《なにはつ》まで行き、そこから大宰府へ向かったといわれています。武具や難波までの旅費は自腹で、貧しかった農民をどれだけ苦しませたか、想像に難くありません。

＊防人…唐や新羅《しらぎ》からの侵略に備え、北九州や対馬《つしま》・壱岐《いき》の沿岸に配置された兵士のこと。

「誰が防人へ…」の巻

かわいそうに防人に選ばれるなんて
今年はいったい誰が防人にとられたんだろう
ヒソ
ヒソ
ヒソ
ヒソ
ヒソ
残される奥さんも辛いよねあんなに悲しんで…
かわいそう
痛ましい
行くのは村の農夫だよあの人は関係ないよ
えっ!?
なんだよあの悲壮感
マジで!!
だって〜〜自分ならって想像すると悲しくて悲しくて
なんでおまえが泣いてんだよ
ダンナ

父母《ちちはは》が　頭《かしら》かき撫《な》で　幸《さ》くあれて
言《い》ひし言葉《けとば》ぜ　忘《わす》れかねつる
（丈部《はせつかべの》稲《いな》麻《ま》呂《ろ》・男／4346）

現代語訳

両親が　頭を撫でて　どうか無事でと
言った言葉が　忘れられない

背景

防人に指名された丈部稲麻呂が詠んだ歌。

語句

【幸《さ》くあれて】「さきくあれと」の訛《なま》り。【言葉《けとば》ぜ】「ことばぞ」の訛り。【つる】強意の助動詞「つ」の連体形。

胸を打つ、親との別れのシーン

防人の歌の一つ。防人として赴任する自分の頭を撫でながら、無事を祈る親の様子が詠まれています。行く側も残される側も辛い別れですね。

この歌で特に注目したいのが、「幸くあれて」や「言葉ぜ」など、東国の方言がそのまま残されていること。このことから、『万葉集』は方言学の資料としても貴重であることがわかります。

防人の歌は、様々な別れのシーンが詠まれています。その内容は多岐にわたり、泣いている妻や子を振り切ってきたことを悲しむ歌、出発が慌ただしく両親に何も言えなかったことを後悔する歌、さらに、留守中に妻が他の男のものにならないか心配する歌などもあります。

おっとう、おっかあ、行ってきます。赴任先では、勤めに精を出しながら、たくさん歌を詠むよ。我らが方言は、いずれ『万葉集』に記録されて、方言学の資料になるらしいから。

我妹子《わぎもこ》が　下《した》にも着《き》よと　贈《おく》りたる
衣《ころも》の紐《ひも》を　我《あれ》解《と》かめやも

（作者不明・男／3585）

現代語訳

あなたが　せめて肌にだけでも着けてくださいと　贈った
衣の紐を　私は解くだろうか、いや、解くまい

背景　遣新羅使《けんしらぎし》が別れを悲しんで詠んだ歌。

＊遣新羅使とは、六世紀末から八世紀末頃に、日本が朝鮮半島の新羅に派遣した使節。

語句　【「下にも」の「も」】「せめて～だけでも」の意味。【たる】完了の助動詞「たり」の連体形。【めやも】反語表現。

「浮気しません」と高らかに宣言

「遣唐使」は耳にしたこともあると思いますが、同時代に新羅に遣わされた使節「遣新羅使」もいました。736年6月に新羅に向けて出発した「遣新羅使」たちの歌が、『万葉集』巻第十五に収録されています。

この歌は、「別《わか》れなば　うら悲《がな》しけむ　我《あ》が衣《ころも》　下《した》にを着《き》ませ　直《ただ》に逢《あ》ふまでに（別れたら悲しく感じることでしょう　私の衣を　肌に着けてください　直接逢《あ》えるまで）」（作者不明・女/3584）の返歌。男性が、「下着の紐を解かない」と詠んでいるのは、「浮気はしない」という宣言です。このように、再会できる日まで相手の服を身につける、持っておくという歌は複数あります。

これから彼女と遠距離になる。だから、互いの衣を交換したし、操をたてるため、衣の紐は決して解かないと誓ったんだ。後世でも「遠距離恋愛」があるらしいが、始まりはボクたちなのさ。

明日香川《あすかがは》　下濁《したにご》れるを　知《し》らずして
背《せ》ななと二人《ふたり》　さ寝《ね》て悔《くや》しも

（作者不明・女／3544）

現代語訳

明日香川の　底が濁っていることを　知らないで
あんな人と一緒に　寝て後悔しきりだわ

背景 内面をきちんと知らない相手と関係を持ったことを後悔して詠んだ歌。

語句 【「濁れる」の「る」】存続の助動詞「り」の連体形。【背なな】「背な」（「背」夫・恋人・兄弟など親しい男性を呼ぶ語＋「な」愛称の接尾語）と同じ。【「悔しも」の「も」】詠嘆の終助詞。

不誠実さを川の濁りに喩えて

この歌は、深い仲となった男の内面が不誠実だったことを、明日香川の底が濁っていることに喩えています。見かけやうわべだけの優しさなど、表面の良いところばかりに惹かれて、中身をきちんと見ないで関係を持ってしまったことを後悔し、歌に詠んだのです。現代にも共通する内容ですね。このように、日常の感情を吐露した和歌があるのも、万葉集の魅力の一つ。

内面を知らないまま関係を結んだことは、当人に責任があると言われるかもしれませんが、よく聞く「結婚後に相手が別人のように豹変した」という声からも、相手の本質を見抜くのは難しい面もあるのでしょう。

彼と一夜を過ごしたけど、まさか、あんなに不誠実な人だったなんて。まるで明日香川の底のようね、あ〜悔しい！　一首、詠んで後世に残してやるわ。「明日香川　下濁れるを……」。

道《みち》の辺《へ》の　草《くさ》深《ぶか》百《ゆ》合《り》の　花《はな》笑《ゑ》みに
笑《ゑ》みしがからに　妻《つま》と言《い》ふべしや

（作者不明・女／1257）

現代語訳

道端の　茂みの中にゆりの　花が咲いているが
そんな風にただにっこり笑っただけで　妻と言うべきだろうか

背景

ちょっと微笑みかけただけで、それを好意と勘違いした男に対して詠んだ歌。

語句

【笑みしがからに】「し」は過去の助動詞「き」の連体形。「からに」は軽い、ちょっとしたことが原因で重い結果を生じる意味で、「ただ〜だけで」と訳す。

勘違いオトコをピシッと制した歌

道端で女性からニコッと微笑まれた男性が、「あっ、あのコ、ボクに気があるな！」と勘違い。さっそく、「君はボクの妻になるべき人だね」なんていう和歌を送ったのでしょう。おそらく、そんな歌を受け取った女性が、「いやいや、勘弁してください」と詠んだ返歌（30ページ）です。「笑みしがからに　妻と言ふべしや（そんな風にただにっこり笑っただけで　妻と言うべきだろうか）」で、「べしや」と男性を非難。

現代では、SNSのハートの絵文字などが、勘違いのもとになりがちとか。その手の絵文字は何の気なしに使う人も多いようですので、みなさま、その点、気をつけましょう。

ちょっと微笑みかけただけで、「君はボクの妻になるべき人だね」って、キモくない？　えっ、ハートの絵文字が送られてきたから、ボクに気があると思ったって？　超うざ～い。

旅《たび》にして　もの恋《こひ》しきに　山下《やまもと》の
赤《あけ》のそほ船《ぶね》　沖《おき》を漕《こ》ぐ見《み》ゆ
（高市《たけち》連《むらじ》黒人《くろひと》・男／270）

現代語訳

旅にあって　なんとなく悲しいときに　山の下から
朱塗りの船が　沖へと漕いでいくのが見える

背景

高市連黒人の旅の歌、八首のうちの一首。

語句

【にして】格助詞「に」＋接続助詞「して」。ここでは「～において」「～にあって」の意味。【赤のそほ船】べんがら（赤色顔料）を塗った赤い船。「そほ」は「丹の土」のこと。朱塗りにする理由は、官船の目印や魔除けのためといわれている。

旅先でのブルーな気持ちを歌に

高市連黒人が旅行中に詠んだ歌の中の一首。旅は、気分転換ができる楽しいものでもあり、なんとなくホームシックのような、ちょっぴりセンチな気持ちにもなるものですよね。黒人はこのとき、後者でした。なんとなくブルーになっていたとき、朱塗りの船が沖にどんどん漕ぎ出していくのを見ました。センチなときに、海や川を見ていると余計もの悲しくなりそうですし、おそらく黒人も、よりいっそう寂しさが募ったことだと思われます。

ところで、是非とも、この歌の光景を、頭の中で色をつけて想像してほしいです。山の緑、赤い船、海の青、波の白……、きれいですよね。

各地を旅するオレ。行き先はいつだって、風まかせさ。自由を謳歌する日々だけど、水のある景色を見ていると、時々、感傷的になって、いけねえや。

家《いへ》ならば　妹《いも》が手《て》まかむ　草枕《くさまくら》
旅《たび》に臥《こ》やせる　この旅人《たびと》あはれ
（上宮《かみつみや》聖徳皇子《しょうとくのみこ》・男／415）

現代語訳

もし家にいたならば　妻の手を枕にしているだろうに
旅に倒れ伏しなさっている　この旅人よ、ああ

背景　聖徳皇子（＝聖徳太子）が竹原井《たかはらのい》に出かけたときに、死人を見て作った歌。

語句　【家ならば】「家に在らば」の略。【まかむ】「まく」（枕にする）の未然形「まか」＋推量の助動詞「む」。【草枕】「旅」の枕詞。枕詞は訳す必要なし。【臥やせる】「臥ゆ」（伏す）の尊敬語「臥やす」に、「あり」がついた「臥やしあり」の略「臥やせり」の連体形。【あはれ】感動詞。原義は「ああ」と、思わずもらしてしまうような、しみじみとした感動を表す。

人知れず死んだ旅人を哀れんで

この歌は、聖徳太子が竹原井（大阪府柏原《かしわら》市高《たか》井《い》田《だ》の地）に出かけたときに、竜田山《たつたやま》（信貴山《しぎさん》の南から柏原市にまたがる山地一帯）で旅人が死んでいるのを見て、気の毒に思い作った歌です。「家にいたならば、愛しい人の手を枕にしているだろうに」と想像をして、つい「ああ」と嘆声をもらしてしまうほど同情しています。

ちなみに、『推古紀』では、聖徳太子が片岡（柏原市）に出かけたときに道端で飢えた人を見て、飲食物を与えて、自分が着ていた衣服を脱いでかけた後に、この歌に似た長歌を詠んでいます。その長歌が伝承される間に短歌になったものを、『万葉集』に収録したと考えられています。

旅先で倒れたこのお方、家にいたならば、愛する妻の手を枕にしていただろうに、こんなにもやつれて、あはれなことよ。合掌。

万葉の生き物

『万葉集』には、動物や鳥など生き物が詠み込まれている歌がたくさんあります。

例えば140ページの柿《かきの》本《もとの》人《ひと》麻《ま》呂《ろ》の歌には「鹿」が詠み込まれていますが、『万葉集』には「鹿」の歌が68首あるといわれていて、これは、動物の中では二番目に多いです（ちなみに、一番多く登場する動物は「馬」で95首。＊駒、

生き物を詠んだ和歌には、次のような歌があります。

うぐひすの　卵《かひご》の中《なか》に　ほととぎす　ひとり生《うま》れて
汝《な》が父《ちち》に　似《に》ては鳴《な》かず　汝《な》が母《はは》に　似《に》ては鳴《な》かず　（中略）
我《わ》がやどの　花橘《はなたちばな》に　住《す》み渡《わた》れ鳥《どり》（作者不明／1755）

うぐいすの　卵の中に　ほととぎすは　一人で生まれて
おまえの父に　似て鳴かず　おまえの母に　似て鳴かず　（中略）
私の家の　花橘に　ずっと住み続けよ、ほととぎす

＊ほととぎすは、うぐいすの巣に1個産卵し、代わりにうぐいすの卵を1個くわえて去ります。孵化したほととぎすのヒナは、数日後に残りのうぐいすの卵を巣の外に放り出し、自分だけをうぐいすに育てさせます。この習性を「托卵」といいます。この歌の父母は、育ての親であるうぐいすを指しています。

黒駒、赤駒、青馬などいろいろな表記を含む）。他にも、蛙（19首）、ひぐらし〔蜩〕（9首）、牛（3首）、犬（3首）など。兎、猿、狐、熊は各1首でレアです。

鳥に関しては、74ページにも出てきた「ほととぎす」が一番多いです。ほととぎすはよく橘《たちばな》の木と一緒に詠まれ、托卵《たくらん》の習性までもが詠まれています。他にも148ページの「鴫」や、何の鳥なのか不明な「呼子鳥《よぶこどり》」という3〜5月頃に鳴く鳥も、よく詠まれます。

秋萩《あきはぎ》を　妻問《つまど》ふ鹿《か》こそ　独《ひと》り子《ご》に　子持《こも》てりといへ
鹿子《かこ》じもの　我《あ》が独《ひと》り子《ご》の　草枕《くさまくら》　旅《たび》にし行《ゆ》けば　（中略）
我《あ》が思《おも》ふ我《あ》が子《こ》　ま幸《さき》くありこそ（作者不明・女／1790）

秋萩のような可憐な　雌鹿を求める鹿は　一人子に
子を持つと言うが　その鹿の子のように　私の一人子が
旅に行くので　（中略）　私が大切に思う私の子　無事でいておくれ

＊この歌は、遣唐使に行く我が子を見送りにきた母親の歌です。鹿は一産一子で、その喩えとして詠まれている歌。

むささびは　木末《こぬれ》求むと　あしひきの
山《やま》の猟夫《さつを》に　あひにけるかも（志貴皇子《しきのみこ》・男／267）

むささびは　梢を極めようとして
山の猟師に　あって（やられて）しまったなぁ

＊『万葉集』にむささびの歌は二首あり、この歌はそのうちの一首。むささびは滑空するとき、高いところから斜め下へしか飛べず、滑空する前に必ず梢に駆け上ります。猟師はそこを狙って、下から射落とします。むささびの特徴をよくとらえた歌ですね。ちなみに、高い地位を望んで身を滅ぼした人たちをむささびに喩えていると考えられています。

梅《うめ》の花《はな》　散《ち》らくはいづく　しかすがに
この城《き》の山《やま》に　雪《ゆき》は降《ふ》りつつ
（大監《だいげん》伴氏《ばんじの》百代《ももよ》〔大伴《おおともの》宿禰《すくね》百代《ももよ》〕・男／823）

現代語訳

梅の花が　散っている所はどこか　そうはいうものの
この城の山には　雪が降っていることだ

背景

大伴旅人《おおとものたびと》の邸宅で宴会を開き、参加者32名が各自、梅花の歌を詠んだ中の一首。

語句

【しかすがに】そうはいうものの。

【城の山】大野山。福岡県大野城《おおのじょう》市にある。大宰府の都府楼《とふろう》跡から北側にある山。

【文末の「つつ」】「つつ止め」と言い、「〜ことだ」の意味。

詠み手の大監伴氏百代とは「大伴宿禰百代」のこと。大伴旅人と同族だよ。

今どきの使い方

「元号が変わった　しかすがに　出典の宴会は本当にあったのだろうか……」

＊宴会の有無はさておき、序文は間違いなくあるので、梅と初春の穏やかな風を感じましょう。

令和

あのとき梅が咲いていたかって？　ないない、外は吹雪だったよ。みんな、主人に迎合して梅の歌を詠んだのさ。あっ、ボク？　「1月といえば、雪」って答えたら、「空気読めよ！」だって。“空模様”を詠んだのに……。

元号「令和」は、この歌の序文！

元号「令和」の出典となったのは、この「梅花《ばいくわ》の歌三十二首」の序文、「初春《しょしゅん》の令月《れいげつ》にして、気《き》淑《よ》く風和《かぜやはら》ぐ」の部分です。天平《てんぴょう》二年（730年）の正月13日（太陽暦2月8日）、大宰帥《だざいのそち》・大伴旅人の邸宅に集まって宴会を開いたときに、旅人と招かれた31名で、庭の梅を題として短歌を作ることになりました。現代は「花見」といえば「桜」ですが、当時は「梅」です。

主人である旅人は、「我《わ》が園《その》に　梅《うめ》の花散《はなち》る　ひさかたの　天《あめ》より雪《ゆき》の　流《なが》れ来《く》るかも（私の庭に　梅の花が散る　天から雪が　流れて来ているのだろうか）」（822）と詠み、また、他の人たちが、「私の庭にも咲いてくれ」「今、ちょうど梅の盛りの満開だ」「梅の花が散るのが惜しい」など、梅の花や散る様子を愛でるような歌を詠んでいます。そんな中、この百代一人だけが、「どこに梅が咲いているのか、雪が降っている」と詠んでいるのです。百代は旅人と同族なので、遠慮することなく本当のことが詠めたのでしょう。ちなみに大宰府の辺りの梅の満開は、通常は3月上旬頃。「梅花の宴」が行われたという正月13日（2月8日）に梅が盛りであったり、散る様子が見られたりした可能性は低く、この百代の歌によって「梅は咲いていない」と証明され、そもそもこの宴会そのものが虚構なのでは、とも考えられています。

「KY」の巻

外の景色で歌を詠みましょう
今は1月 春ですね 春といえば 梅…
梅の歌ですよね
「雪」ってなんだよ 空気読めよ
えっ
梅
梅
梅
雪
だって外は吹雪じゃん!
梅、咲いてないじゃん!
梅咲いてぇ〜
香りかぐわしい
いい感じ〜
びょおおお
梅
穏やかでいい歌ですね〜 後世、ここから元号が生まれるかもしれませんね
そうですねー 例えば…
うへー
これなんてステキですよね
ですよね これしかないですよね
えーーっ
それ序文じゃん 歌じゃないじゃん おかしいじゃん!
もーおまえクビな
空気読まなすぎ
令和
花散
令和
令和

春《はる》過《す》ぎて　夏《なつ》来《きた》るらし　白《しろ》たへの
衣《ころも》干《ほ》したり　天《あめ》の香《か》具《ぐ》山《やま》
（持《じ》統《どう》天《てん》皇《のう》・女／28）

現代語訳

春が過ぎて　夏が来たらしい　真っ白な
衣が干してある　天の香具山に

背景

持統天皇が香具山を見て詠んだ歌（見ていないという説もあります）。

語句

【白たへ】楮《こうぞ》などの樹皮から作った繊維で織った白い布。または、白いこと。

【天の香具山】香具山。天から降りて来た山という言い伝えがあり、「天の香具山」と呼ばれた。藤原宮から東南の方向に見えたとも考えられるが、飛鳥から北方に望んだ可能性が高い。

今どきの使い方

「白たへの　衣干したり！」

＊洗濯用洗剤のコマーシャルのように、真っ白なTシャツなどが風になびいている光景は、とても爽やかですね。

天皇家に仕える「洗濯王子」とは、ボクのこと。新緑をバックに白い衣を干して、っと。どうよ、この爽やかさ。えっ、洗濯物が白くないって？　そんな重箱の隅をつつかないで、白と緑の対比に注目を！

夏の訪れを感じる、百人一首でもお馴染みの歌

「百人一首で見たことがある！　でも何か違う？」と思われた方もいらっしゃるのではないでしょうか。この歌は、藤原定家《ふじわらのていか》が編纂した百人一首や『新古今和歌集』では、「春過《はるす》ぎて　夏来《なつき》にけらし　白妙《しろたへ》の　衣干《ころもほ》すてふ　天《あま》の香具山《かぐやま》」。『万葉集』と少し違いますね。「夏来《きた》るらし」→「夏来《き》にけらし」、「衣干したり（衣を干している）」→「衣干すてふ（衣を干すという）」、「天」の読みが「あめ」→「あま」と変化しています。『万葉集』の原歌から、このように変化した理由は、持統天皇は現物を見てそのまま詠んだけれど、平安時代には香具山に白い衣を干していなかったため、定家が「干すてふ」と伝聞にしたという説など、諸説があります。なかでも有力な説は、『万葉集』はもともと万葉仮名で「春過而　夏来良之　白妙能　衣乾有　天之香来山」と書かれているため、そもそも読み方は統一されておらず、定家が百人一首を編纂するときに自分の好きな読み方を取っただけ、という説です。

　ちなみに、持統天皇がいた場所から香具山まではけっこう距離があるため、そこに干してある衣が見えるのか、という疑問も。しかし、細かなことは気にせずに、山の新緑と真っ白な衣の色の対比と、爽やかな夏の風を感じて味わうのが一番かと思われます。

「映《ば》え」の巻

おお
緑に白い衣が
よく映える
「映《ば》え」だな
もう
夏ですね
あいつめ!
ムッ
ピョン
新緑が
まぶしい
よく見たら
なんだ!?
全然
白くないぞ
うす汚れてる!!
遠くから
見たら
わからないって
おわり
おわり
待て!
やり直せ
おいっ
こらっ

夏野《なつの》行《ゆ》く　小鹿《をしか》の角《つの》の　束《つか》の間《ま》も
妹《いも》が心《こころ》を　忘《わす》れて思《おも》へや

（柿《かきの》本《もとの》人《ひと》麻《ま》呂《ろ》・男／502）

現代語訳

夏の野を行く　雄鹿《おじか》の短い角のように　短い間も
あなたの**心**を　**忘**れられようか、いや、**忘**れられない

背景

『万葉集』の巻第四に収録されている「柿本朝臣人麻呂が歌三首」のうちの一首。

語句

【夏野行く　小鹿の角の】「束の間」を導く序詞。

【小鹿の角】「小」は小さいものを表す接頭語。「鹿」は「雄鹿」のこと（「雌鹿」は「牝鹿《めが》」）。

【束の間】「束」は一握り（指4本分）の長さ。短いものの喩え。

【「思へや」の「や」】ここでは反語の意味。

今どきの使い方

「ハイハイしだした赤ちゃんは、**小鹿の角の束の間も**　目が離せない！」

＊何でも口に入れてしまう赤ちゃん。危険がないように、一時も目が離せませんね。

恋多き男・鹿麻呂くん。彼女ができると片時も忘れられず、寝ても冷めても彼女のことばかり。その思いを自身の夏の角に喩え、「夏野行く　小鹿の角の　束の間も～」。よっ、詩人！

束の間も忘れらないという恋心を、雄鹿の角に喩えて

『万葉集』には「鹿」が詠み込まれている歌が全部で六十八首ありますが、この歌は、そのうちの一首で、「夏の雄鹿の角」＝「短い」という喩えです。どうして夏の雄鹿の角が「短い」ことの喩えになるのかというと、角は春に生え替わるので、夏の角はまだ短いから（もちろん、角は雄にしかありません）。そして、ほんのちょっとの間でさえあなたを忘れられない、という心を吐露するときに、その「短い間」がどれほど短いかを表すために、その短い角で喩えているのです。ちなみに、生え替わるときに、毎年一本ずつ枝分かれで増えていくため、角の枝分かれの数で鹿の年齢がわかります。

ところで、雄鹿は妻を恋い求めて鳴くことから、鹿が詠まれている和歌では、その鳴き声を絡めて詠んだものが多くあります。例えば、「秋《あき》さらば　今《いま》も見《み》るごと　妻恋《つまご》ひに　鹿鳴《かな》かむ山《やま》そ　高《たか》野原《のはら》の上《うへ》（秋になると　今も面影にありありと思い浮かべるように　妻を恋しがって　鹿が鳴く山だ　この高野原（＝奈良市佐紀町のあたり）の上は）」（長皇子《ながのみこ》・男／84）などです。歌に詠まれているということは、優美な鳴き声かと思ってしまいそうですが、実際の雄鹿の鳴き声は、まるで女性の悲鳴のような声で「イヤアーーーー」「キャーーーー」と鳴きます。

「夏の角」の巻

昼も夜も愛する人のことを考えてしまうな～
わかります考えちゃいますよね
ゴロリーン
…って誰だおまえ
鹿ですよ鹿！
えっ、だって鹿っていったら…
夏の角は短いの生え替わったばかりで
角短っ!!
へ～
それでオレの気持ちわかってくれるんだな
もちろんです！角の長さと同じくらい忘れられないですよね
はぁ～～
…？
角の長さってそんなもの？
だから！夏の間は短いの！

織女《たなばた》し　舟《ふな》乗《の》りすらし　まそ鏡《かがみ》
清《きよ》き月夜《つくよ》に　雲《くも》立《た》ち渡《わた》る
（大伴《おおともの》家持《やかもち》・男／3900）

現代語訳

織女が　舟に乗って漕ぎ出したらしい
清い月夜に　雲が立ち渡っている

背景

大伴家持が七月七日の夜に、ひとりで天の川を仰ぎ見て詠んだ歌。

語句

【「織女し」の「し」】強意の副助詞。

【すらし】「す」はサ行変格活用動詞「す」の終止形。「らし」は推定の助動詞。

【まそ鏡】「清き月夜」の枕詞。枕詞は訳す必要なし。

七夕を詠んだ歌です。
七夕を題材にした歌は、大伴家持のほか、柿本人麻呂や山上憶良も詠んでいるね。

彼氏の牽牛との逢瀬は、一年に一度きり。もう待ってなんかいられないわ。舟を漕ぎ出さなきゃ。えっ、女性から男性の元へ行くのは、珍しいって？　遅れているわね〜。大陸では、女性が男性の元へ行くのが鉄則よ。

七夕の夜、織女《しょくじょ》は舟に乗り、牽牛《けんぎゅう》に会いに、いざ出発！

『万葉集』には七夕を題材にした歌が数多くあり、大伴家持も複数の歌を詠んでいます。この歌はその中の一首で、月夜に雲がかかってきた様子を、織女〔織姫〕が天の川に舟で漕ぎ出したことによって波が立ったからだ、ととらえています。ここで、「あれ、天の川を渡って逢いに行くのは男性である牽牛〔彦星〕では？」と思う人も多いと思います。しかし、この歌では、女性である織女が牽牛に逢いに行きます。実は、『万葉集』の中でも、このパターンはとても珍しいのです。なぜなら日本では、男性が女性のもとに通う「通い婚」だったため、七夕では牽牛が織女を訪れる形になっていたからです。家持は、もともとの中国の思想（中国の七夕はこの和歌同様、織女が牽牛を訪問する形）を踏まえて、このように詠んだのでしょう。

家持の別の七夕の歌では、「初尾花《はつをばな》　花《はな》に見《み》むとし　天《あま》の川《がは》　隔《へな》りにけらし　年《とし》の緒《を》長《なが》く（いつまでも花のように新鮮な気持ちで見ようとして　天の川を　隔てて別居しているらしい　一年もの長い間）」（４３０８）などがあります。一年に一度しか会えないことを悲劇と取るのではなく、新鮮な気持ちでいられるように、あえての別居婚というプラス思考で詠んでいます。しかしながら、会えるのが一年に一度とは、さすがに新鮮すぎではないでしょうか……。

「年に一度」の巻

スイ～
牽牛～っ
織女!!
何やってんの!?
待って
いられなくて
来ちゃった！
思ったより
楽だったわー
これから
ちょいちょい
来ようかな
いや
会うのは
年に一度って
何よ
来られると
困ることでも
あるの？
いや
そういうこと
じゃなくて
あの…
しどろ
もどろ

水鳥《みづどり》の　鴨《かも》の羽《は》色《いろ》の　春《はる》山《やま》の
おほつかなくも　思《おも》ほゆるかも

（笠《かさの》女《いら》郎《つめ》・女／1451）

現代語訳

鴨の羽色のような　春山のように
はっきりしないと　思われることだよ

背景　笠女郎が大伴《おおともの》家持《やかもち》に贈った歌。

語句　【水鳥の】「鴨」の枕詞。枕詞は訳す必要なし。【水鳥の　鴨の羽色の　春山の】「おほつかなし」を導く序詞。【おほつかなく】「はっきりしない」の意味。【思ほゆる】「思ふ」の未然形「思は」に、上代の自発の助動詞「ゆ」がついた「思はゆ」から転じてできた動詞「思ほゆ」の連体形。【かも】詠嘆の終助詞。

モテモテ男の本音が知りたい！

笠女郎は、大伴家持と関係をもっていた女性です。モテモテの家持にはたくさんの彼女がいたため、笠女郎は家持の気持ちがはっきりしなくて不安でした。その気持ちを春の山に喩えた歌です。

春山には霞がよく発生しますが、モヤモヤした霞のように相手の気持ちがわからないと訴えているのです。その春山を「鴨の羽色」で喩えています。鴨の羽色とは緑色（雄のマガモの頭の色はとてもきれいな緑色）。白く霞のかかった春山を「鴨の羽色」だというのが腑に落ちませんが、雄のマガモの翼に白もあるので、そのつもりだったのでしょうか……。ですが、「鴨の羽色」は普通「緑色」のことです。

彼の心を知りたいけど、鴨の羽のようにはっきりしないのよね〜。私のこと、どう思っているのかしら。ちょっと、そこの鴨さん、教えてくださらない？

よき人《ひと》の　よしとよく見《み》て　よしと言《い》ひし
吉野《よしの》よく見《み》よ　よき人《ひと》よく見《み》

（天武天皇《てんむてんのう》〔大海人皇子《おおあまのおうじ》〕・男／27）

現代語訳

昔の君子が　良い所だとよく見て　「良い」と言った
吉野をよく見よ　今の君子よ、入念に見よ

背景　天武天皇→皇子たち
天武天皇が吉野離宮に行幸《みゆき》〔＝お出かけ〕されたときに詠んだ歌。

語句　【「よき人よく見」の「見」】マ行上一段活用動詞「見る」の命令形。

口ずさんで音の反復を楽しみたい

『万葉集』には、「吉野」を絶賛している和歌が多くあり、この歌は、天武天皇が皇子たちに、「昔の君子も愛していた吉野をよく見るように」と詠んだもの。また、「よ」の音を反復することで、言葉の意味を伝えることよりも、言語の発音や文字などを利用した「言葉遊び」（＝言語遊戯）を楽しんでいます。音を反復した歌には、大伴坂《おおとものさかの》上郎女《うえのいらつめ》が詠んだ、「来《こ》むと言《い》ふも　来《こ》ぬ時《とき》あるを　来《こ》じと言《い》ふを　来《こ》むとは待《ま》たじ　来《こ》じと言《い》ふものを（恋人が来ようと言っても　来ない時があるのに　来ないと言うのを　来るだろうとは待たない　来ないと言うのに）」（527）も有名で、こちらは「こ」の音を楽しんでいます。

吉野をこよなく愛する天皇。今日も、皇子を連れて、トレッキング。ダジャレ好きで、和歌に言葉遊びを取り入れてご満悦。言語遊戯のよさは、口ずさまないとわからない！　さあ、ご一緒に。「よき人の〜」。

ありつつも　見《め》したまはむそ　大殿《おほとの》の
このもとほりの　雪《ゆき》な踏《ふ》みそね
（三形沙弥《みかたのさみ》・男／4228）

現代語訳

ずっとこの状態のままで（房前《ふささき》さまは）ご覧になられよう　お邸の
この周辺の　雪は踏まないでほしい

背景 三形沙弥（「三方沙弥」とも）が藤原《ふじわらの》房前《ふささき》の言葉を受けて作った歌。

語句 【つつ】継続の意味の接続助詞。【見したまはむそ】「めし」は「めす」の連用形（「めす」は「ご覧になる」の意味）。「たまふ」は尊敬の補助動詞。「む」は推量の助動詞。「そ」は断定する意を表す。【もとほり】「周辺」の意味。【な踏みそね】「な～そね」は「～しないでほしい」の意味。「な～そ」は禁止の表現。「ね」は、あつらえの終助詞。

朝イチの雪は、誰かに見せたい！

左大臣・藤原房前の邸のある都に、珍しく雪が降ったときに、三形沙弥（詳細は不明。ちなみに「沙弥」は出家したばかりの半俗半僧の男性のこと）が、「雪を踏まないで！」と詠んだ歌です。

稀な光景なので、きれいなままの雪を、房前に見せたかったのでしょう。「雪な踏みそね（雪は踏まないでほしい）」と歌っています。

その気持ちに共感する人も多いのではないでしょうか。雪が降り積もった朝、まだ誰も歩いていない道は、とてもきれいな白い絨毯。テンションが上がって、誰かに見せたくなりますよね。しかし、人々が活動する時間になると、あっという間に泥まみれ。別物と化してしまうのです……。

はい、ここから先は入らないで！　雪を踏まないで!!　我が主人に真っ白に降り積もった光景を見せるんですから。Keep out, please！

新《あらた》（＊）しき　年《とし》の初《はじ》めの　初春《はつはる》の
今日《けふ》降《ふ》る雪《ゆき》の　いやしけ吉事《よごと》

（大伴家持《おおとものやかもち》・男／４５１６）

＊「新しき」の読み方は、古語では「あらたしき」です。

現代語訳

新しい　年の初めの　正月の
今日降る雪のように　いよいよたくさん喜ばしいことが積もれ

背景　一月一日、大伴家持が因幡国《いなばのくに》の庁で国司や郡司たちに饗応した宴の歌。

語句　【いやしけ吉事】「いや」は「いよいよ」の意味。「しく」は「しきりに～する」の意味と「（雪が）敷く（＝降り積もる）」の掛詞。「吉事」は「喜ばしいこと」の意味。

『万葉集』の伝承を願って

全二十巻・四千五百余首の『万葉集』のラストを飾るのがこの歌。当時は、正月に大雪が降ると豊年になると信じられていました。ですから、「吉事」というのは、この歌が作られたときは「豊作」を意味していたのでしょう。

家持がこの和歌を最後の歌として編纂したのは、『万葉集』が未来まで伝わるようにと願いを込めたからという説もあります。もしそうならば、その願いは叶いましたね。

「喜ばしいことがたくさんあるように」という言葉で締めくくられているのは、とても素敵ですね。みなさまにもずっと、よいことがたくさんありますように。

正月に雪が降るとは、いや、めでたい！　今年は豊作、間違いなし！　いよいよ、ますます喜ばしいこと（吉事）がたくさんあるといいのう。大和の国、万歳！

『万葉集』歌人名鑑

万葉集の歌人は個性派ぞろい！　ここでは、本書で取り上げた和歌の詠み手のプロフィールをご紹介。お気に入りのひとりをぜひ見つけましょう！

大泊瀬稚武天皇〔雄略天皇〕
（おおはつせわかたけるてんのう）（ゆうりゃくてんのう）

418?～479?年。第21代天皇。倭の五王の一人「倭王武」といわれている。『古事記』や『日本書紀』では、相当に粗暴な性格として描かれている。

収録歌⇒ p.16

額田王
（ぬかたのおおきみ）

生没年未詳。大海人皇子の寵愛を受け、十市皇女《とおちのひめみこ》を生む。その後、大海人皇子の兄である中大兄皇子に召される。兄弟に愛されたことは有名だが、出自は不明。

収録歌⇒ p.24

中大兄皇子〔天智天皇〕
（なかのおおえのおうじ）（てんじてんのう）

626～672年。同母弟である大海人皇子〔天武天皇〕の妻であった額田王を自分のものとした。皇位継承で邪魔な人物は、あらぬ嫌疑で失脚させるか抹殺した。

収録歌⇒ p.20

大津皇子
（おおつのみこ）

663～686年。天武天皇の皇子。容姿端麗、才学もあり、諸人から人気が高かった。異母兄・草壁《くさかべの》皇《み》子《こ》の彼女を奪う。謀反の罪で処刑される。

収録歌⇒ p.32、36

大海人皇子〔天武天皇〕
（おおあまのおうじ）（てんむてんのう）

？～686年。中大兄皇子〔天智天皇〕の同母弟。額田王を寵愛。天智天皇の皇女二人を妃とする。そのうちの一人の鸕《う》野《のの》讚《さら》良《ら》は、後に持統天皇となる。

収録歌⇒ p.28、p.150

山部宿禰赤人

（やまべのすくねあかひと）

生没年未詳。宮廷歌人。行幸にお供し、そのときに自然の和歌をたくさん詠んでいる。恋の歌もいくつかある。本書では繊細な片思いの歌を取り上げた。

収録歌⇒ p.50

磐姫皇后

（いわのひめこうごう）

？～347?年。仁徳天皇《にんとくてんのう》の皇后。嫉妬心が強く、『古事記』などに、仁徳天皇と結婚した黒比売《くろひめ》が、磐姫の嫉妬を恐れ郷里に帰った話などが描かれている。

収録歌⇒ p.40

大伴旅人

（おおとものたびと）

665～731年。晩年に大宰帥《だざいのそち》（大宰府の長官）となり、筑紫に赴任。お酒を讃える歌や、琴の妖精の歌などは、酒・琴を愛した中国の文人たちの影響。

収録歌⇒ p.56、p.60、p.62

門部王〔大原門部〕

（かどべのおおきみ）　（おおはらのかどべ）

？～745年。河内王《かわちのおおきみ》の子で、高安王《たかやすのおおきみ》の弟。臣籍に下り、大原真人《おおはらのまひと》の姓《かばね》を賜る。出雲守のときに、千鳥の鳴き声を聞いて故郷の佐保川を思い出す歌を詠む。

収録歌⇒ p.52

丹生女王

（にうのおおきみ）

大伴旅人と歌をやりとりしていることから、『万葉集』の時代区分、第三期に活躍か。

伝未詳

収録歌⇒ p.78

大伴家持

（おおとものやかもち）

718?～785年。大伴旅人の長男。『万葉集』の編者の一人。約4500首中の479首が家持の歌。様々な女性からもらったラブレターも、収録している。

収録歌⇒ p.66、p.70、p.74、p.144、p.154

柿本人麻呂
（かきのもとのひとまろ）

生没年未詳。宮廷歌人。「歌聖」としてあがめられているほど、歌のうまさはピカイチ。一度は耳にするくらい有名な歌人だが、生涯は不明。長歌も多い。

収録歌⇒（p.84、p.100）
p.140

大伴坂上郎女
（おおとものさかのうえのいらつめ）

生没年未詳。大伴旅人の異母妹。娘の大伴坂上大嬢を家持に嫁がせる。女性の中では収録数がトップで84首。いろいろな歌が詠める才女。

収録歌⇒ p.82

山上憶良
（やまのうえのおくら）

660～733年。人生や社会を題材とした歌や「貧窮問答歌」（＝「人並みに働いても衣食もままならない。世の中はどうしようもないのか」という内容）が有名。

収録歌⇒ p.92、p.106

高橋連虫麻呂
（たかはしのむらじむしまろ）

732年に藤原宇合《ふじわらのうまかい》に歌を贈っていることから、『万葉集』の時代区分、第三期頃に活躍か。

伝未詳

収録歌⇒ p.88

丈部稲麻呂
（はせつかべのいなまろ）

駿河国から防人に召集された人物。

伝未詳

収録歌⇒ p.118

有間皇子
（ありまのみこ）

640～658年。孝徳天皇の皇子。皇位継承争いに巻き込まれないように狂人を装うが、中大兄皇子に処刑される。悲しい生涯の悲劇の皇子である。

収録歌⇒ p.104

上宮聖徳皇子

（かみつみやしょうとくのみこ）

574～622年。聖徳太子のこと。用明《ようめい》天皇《てんのう》の皇子で、推古天皇《すいこてんのう》の摂政。法隆寺・四天王寺を建立。『万葉集』には、本書で取り上げた1首のみを収録。

収録歌⇒ p.128

高市連黒人

（たけちのむらじくろひと）

生没年未詳。持統天皇と文武天皇《もんむてんのう》の頃の下級官吏をつとめたようだが、生涯は不明。旅行好きのようで、旅先での自然の歌を多く詠んでいる。

収録歌⇒ p.126

持統天皇

（じとうてんのう）

645～702年。天智天皇の第2皇女で、大海人皇子（後の天武天皇）に嫁ぐ。息子・草壁皇子のライバルである大津皇子を疎む。草壁皇子の死後、即位。

収録歌⇒ p.136

大監伴氏百代〔大伴宿禰百代〕

（だいげんばんじのももよ）　（おおとものすくねももよ）

生没年未詳。大伴旅人が大宰帥のときに、大宰大監で、旅人の部下であった。旅人の邸宅で行われた「梅花の宴」に招待され、忖度なしの歌を詠んだ。

収録歌⇒ p.132

三形沙弥

（みかたのさみ）

三方沙弥とも。

伝未詳

収録歌⇒ p.152

笠女郎

（かさのいらつめ）

大伴家持と関係があったことから、『万葉集』の時代区分、第四期に活躍か。

伝未詳

収録歌⇒ p.148

岡本梨奈（おかもと りな）

オンライン予備校「スタディサプリ」古文・漢文講師。大阪教育大学・教養学科芸術専攻音楽コース（ピアノ科）卒業。卒業後は予備校講師となり、映像授業にも多数出演。その後、フランス・アルザス地方にレストラン研修生として留学などの経験を重ねる。現在、スタディサプリのほか、高校の学校内予備校にも出講。著書に『岡本梨奈の１冊読むだけで古文の読み方＆解き方が面白いほど身につく本』（KADOKAWA）、『かなり役立つ！　古文単語キャラ図鑑』（新星出版社）などがある。

photo／田中達晃（Pash）

Staff

本文デザイン、DTP　谷口 賢（Taniguchi ya Design）
マンガ、イラスト　上田惣子
マンガシナリオ　清水めぐみ
校正　大道寺ちはる
編集　花澤靖子（スリーシーズン）

世界一楽しい！　万葉集キャラ図鑑

2019年 11月25日　初版発行

著　者　岡　本　梨　奈
発行者　富　永　靖　弘
印刷所　株式会社新藤慶昌堂

発行所　東京都台東区 台東２丁目24　株式会社　新星出版社
〒110-0016　☎03(3831)0743

ISBN978-4-405-01245-5